儿童文学导读丛书

世界著名童诗

韩进 ◎ 编著

SHIJIE ZHUMING TONGSHI

北京师范大学出版集团
BEIJING NORMAL UNIVERSITY PUBLISHING GROUP
安徽大学出版社

图书在版编目(CIP)数据

世界著名童诗/韩进编著. —合肥:安徽大学出版社,2012.5(2020.9重印)
(儿童文学导读丛书)
ISBN 978-7-5664-0335-3

Ⅰ.①世… Ⅱ.①韩… Ⅲ.①儿童诗歌—诗集—世界Ⅳ.①I18

中国版本图书馆 CIP 数据核字(2011)第 209762 号

世界著名童诗　　　　　　　　　　韩　进 编著

出版发行：	北京师范大学出版集团
	安 徽 大 学 出 版 社
	(安徽省合肥市肥西路 3 号 邮编 230039)
	www.bnupg.com.cn
	www.ahupress.com.cn
印　　刷：	合肥创新印务有限公司
开　　本：	184 mm×260 mm
印　　张：	14.25
字　　数：	185 千字
版　　次：	2012 年 5 月第 1 版
印　　次：	2020 年 9 月第 8 次印刷
定　　价：	36.00 元

ISBN 978-7-5664-0335-3

策划编辑：钟　蕾　刘金凤　　　　　装帧设计：李伯骥
责任编辑：刘金凤　　　　　　　　　　美术编辑：李　军
责任印制：赵明炎

版权所有　　侵权必究
反盗版、侵权举报电话：0551—65106311
外埠邮购电话：0551—65107716
本书如有印装质量问题，请与印制管理部联系调换。
印制管理部电话：0551—65106311

目 录

怎样欣赏儿童诗 ·· 1
　一、儿童诗的概念及其分类 ································· 1
　二、儿童诗的五大特征 ·· 4
　三、怎样欣赏儿童诗 ··· 6
　四、让孩子多读诗 ·· 9

自然儿歌五首 ·· / 11
咏物儿歌四首 ·· / 13
动物儿歌五首 ·· / 15
颠倒儿歌四首 ·· / 18
老鸦 ··· 〔中国〕胡　适 / 21
满天星 ··· 〔中国〕郭沫若 / 23
别踩了这朵花 ···································· 〔中国〕冰　心 / 26
初雪 ··· 〔中国〕艾　青 / 29
油菜花的童话 ···································· 〔中国〕郭　风 / 32
我们的土壤妈妈 ································· 〔中国〕高士其 / 36
摇篮曲 ··· 〔中国〕陈伯吹 / 41
大自然的语言 ···································· 〔中国〕戴巴棣 / 43
大海是什么颜色 ································· 〔中国〕刘兴诗 / 47
帽子的秘密 ······································· 〔中国〕柯　岩 / 51
夏令营小记 ······································· 〔中国〕樊发稼 / 55
不知道和小问号 ································· 〔中国〕鲁　兵 / 58
爸爸的老师 ······································· 〔中国〕任溶溶 / 61

小鸟(外一首)	〔中国〕蒋　风 / 65
大惊喜(外一首)	〔中国〕韦　苇 / 67
字典公公家里的争吵	〔中国〕金逸铭 / 70
风景家园(组诗)	〔中国〕金　波 / 73
我把那只蓝蜻蜓放了	〔中国〕关登瀛 / 76
一首诗的诞生	〔中国〕高洪波 / 79
儿童诗四首	〔中国〕徐　鲁 / 81
你别问这是为什么	〔中国〕刘倩倩 / 84
我的儿歌	〔中国〕何　紫 / 86
蝉	〔中国〕林焕彰 / 89
花的名字	〔日本〕金木美玲 / 91
星星和花	〔日本〕土井晚翠 / 93
交让木	〔日本〕河井醉茗 / 95
请进来	〔越南〕胡光阁 / 98
小草的歌	〔泰国〕诗琳通 / 100
生活的色彩是爱	〔菲律宾〕马　丁 / 102
不乖的妈妈	〔马来西亚〕陈利惠 / 104
同情	〔印度〕泰戈尔 / 106
猴子妈妈	〔印度〕维·嘉英 / 108
凯蒂诺,你猜猜!	〔格鲁吉亚〕顿巴泽 / 110
人的装饰	〔伊朗〕巴哈尔 / 112
小溪,你在说什么	〔黎巴嫩〕纪伯伦 / 114
死了的小女孩	〔土耳其〕希克梅特 / 117
童年	〔突尼斯〕沙　比 / 119
我们的错误	〔坦桑尼亚〕夏巴尼 / 121
妈妈,我怕……	〔南非〕恩代贝莱 / 124
星星	〔芬兰〕索德格朗 / 127
妈妈	〔比利时〕莫·卡列姆 / 128
路边一朵小花	〔西班牙〕希梅内斯 / 130
我要生起气来	〔捷克〕维·奈兹瓦尔 / 132
人人为人人	〔波兰〕杜维姆 / 134

陷阱	〔爱尔兰〕斯蒂芬斯 / 136
少女之怨	〔奥地利〕里尔克 / 138
什么,为什么,怎么样	〔匈牙利〕拉·哈尔什 / 140
我是匈牙利人	〔匈牙利〕裴多菲 / 142
一行有一行的气味	〔意大利〕罗大里 / 145
贝尔格莱德出了乱子	〔南斯拉夫〕德·鲁凯奇 / 148
读吧,小牧童	〔保加利亚〕伐佐夫 / 152
全球的孩子们,早上好!	〔保加利亚〕兹·安盖洛夫 / 154
我们那时是小孩	〔德国〕海 涅 / 157
在一座街垒上面……	〔法国〕雨 果 / 160
为鸟儿画像	〔法国〕普雷维尔 / 163
自由	〔法国〕艾吕雅 / 166
渔夫和金鱼的故事	〔俄国〕普希金 / 171
帆	〔俄国〕莱蒙托夫 / 181
夏夜	〔俄罗斯〕蒲 宁 / 183
你的朋友	〔苏联〕阿吉姆 / 185
笨耗子的故事	〔苏联〕马尔夏克 / 188
谁也管不着	〔英国〕米尔恩 / 194
爱国心	〔英国〕司各特 / 196
我的影子	〔英国〕斯蒂文森 / 198
放学	〔英国〕戴维斯 / 200
保姆之歌	〔英国〕布莱克 / 202
爱瞎鼓捣的玛蒂	〔英国〕安·泰勒 / 204
我们是七个	〔英国〕华兹华斯 / 208
黑夜中在海滩上	〔美国〕惠特曼 / 212
我将做一个什么?	〔加拿大〕丹尼斯·李 / 215
诽谤	〔尼加拉瓜〕达里奥 / 217
我长大以后……	〔阿根廷〕荣凯 / 218
忧虑	〔智利〕米斯特拉尔 / 220

怎样欣赏儿童诗

一、儿童诗的概念及其分类

(一)儿歌不是儿童诗

儿童诗是儿童文学中文学性最强的种类之一。它是指为少年儿童创作,切合他们的心理特点,适合于他们阅读欣赏的一种诗歌形式。

茅盾在《对儿童诗的期望》一文中说过,"儿童诗是新生事物","在百花园中,儿童诗是个嫩芽"。又说:"儿童诗也是最难写好的,它不是儿歌,而是儿童诗。"前面所说的是儿童诗的历史还不太长。在我国,它是从20世纪初的"五四"以后的自由体新诗中演变发展出来的——由于自由体新诗语言明晓浅白、韵律自由无拘,很快受到当时儿童文学创作者与爱好者的青睐,儿童诗也就应运而生。但这样说,并不否认在此之前已经有像骆宾王的《鹅》、孟浩然的《春晓》和李白的《静夜思》这些为历代儿童所乐于诵读的诗作。后面是就儿童诗与它密切相关又完全不同的姊妹体裁儿歌的区别而言的,但其中仍然有历史的内涵。儿歌的历史非常悠久,古老的民间童谣已为儿歌创作提供了丰富的和比较定型的表现形式。而儿童诗形成的历史要短暂得多,它没有可供直接采用的经验,只能从古代诗歌和外国诗歌中

汲取一些适宜的艺术营养，同时又从儿歌中借鉴一些表现形式，进而运用白话自由体进行新的创作，其难度自然要大得多。

儿童诗不是"儿歌"，但这并不等于说它们之间风马牛不相及，相反，它们的关系甚为密切。它们是既有区别又有联系的两种儿童文学体裁样式。

我国是一个有着悠久文化传统的诗歌大国。古人将"诗"与"歌"的区别概括为"诗言志，歌咏言"。从语义上说，诗是能唱的歌。当然，在一般的文学体裁分类中，诗与歌已不再泾渭分明，诗歌是多种诗体文学的通称。而我们在儿童文学中将儿歌与儿童诗作为两种文体来看待，这不仅仅着眼于两种诗体文学的区别，还是因为它们在读者对象上有差异。

儿歌不是儿童诗，因为二者之间主要有以下区别。

从欣赏对象看，儿歌比较适合于学龄前期的儿童，他们不识字，主要靠听觉来接受。儿童诗适合于学龄期儿童阅读，尤其是一些篇幅较长的朗诵诗和叙事诗，少年读者更为喜爱。

从思想内容看，儿歌浅显单纯，有些儿歌并不一定有完整的内容和明显的教育意义，如一些摇篮曲和游戏儿歌等；有的主要是进行语言、思维训练的，如绕口令等。儿童诗的内容则较为丰富，反映生活的面较广泛，一些比较抽象的概念也在诗中开始出现。

从表现形式看，儿歌在词语运用上讲究顺口自然，且有"俗味"，而儿童诗在晓畅浅白之中多一些"稚趣"，注重情感的纯度；儿歌讲究韵律节奏，注重语音外在表现形式上的音乐感，人称"半格律诗"，而儿童诗可以更自由少拘束，音乐美体现于诗意之中，人称"自由体"；儿歌的篇幅较短，结构简单，而儿童诗则不同，篇幅一般较长，有些叙事诗可超过千行，结构相应地也比较复杂，有的还有曲折生动的情节和鲜明的人物形象。

然而,这种区别又是相对的。尤其是儿童诗和创作儿歌之间界线并非判然分明,它们都是适合儿童接受的诗歌文体,同时文体之间的渗透和融合在创作中也是不可避免的。所以,诗化的儿歌或歌化的儿童诗屡见不鲜。这类作品往往又同时为儿童诗选和儿歌选所收录。

(二)儿童诗的分类

从不同的角度,可以对儿童诗做出不同的分类。以作者分,有儿童写的与成人写的儿童诗;以语言形式分,有格律诗与自由诗之分,只是在儿童诗中,格律诗比例甚少;以表现手段分,有叙事诗和抒情诗两大类;以内容分,则有童话诗、寓言诗、科学诗、谜语诗、故事诗、讽刺诗等。由于几乎所有的文学样式,都可以用诗的形式来表现,因此,人们往往侧重于从内容的角度来对儿童诗进行分类,同时又兼顾难以用内容的尺度来界定的诸如形式、结构等因素,这样就常把儿童诗分为以下几种主要类型:

1. 童话诗。它是叙事诗的一种,也称诗体童话,在儿童诗中占有特别地位。诗的形式与童话故事内容的结合,非常适合学前期、学龄初期的小读者。著名的童话诗有阮章竞的《金色的海螺》和普希金的《渔夫和金鱼的故事》等。

2. 故事诗。它是叙事诗的一种,它与童话诗的区别仅在于它所讲述的是关于现实生活的故事。它往往对故事情节采用疏朗的、跳跃式的写法,情节单纯而富于节奏感,形象传神且比散文体故事更富强烈的感情色彩。这类诗著名的有柯岩的《帽子的秘密》、任溶溶的《爸爸的老师》和雨果的《在街垒上》等。

3. 抒情诗。相对于叙事诗,抒情诗以直抒胸臆、咏叹情思为主要特征。其中包括两类:一是站在儿童的立场上,抒发儿童的情感,如刘倩倩的《你别问这是为什么》。另一种是以成人的语气口吻表达对儿童的情思,或对自己童年时代生活的追忆怀恋之情。智利女诗人米斯特拉尔的《忧虑》,以委婉缠绵的诗句,倾诉了自己对女儿的真挚、深沉的爱,也是从成人角度咏叹情怀的儿童诗佳作。

4.讽喻诗。这是以批评、规劝为目的具有明显教育意味的儿童诗。这类作品针对少年儿童生活中的某些不良现象或他们自身的一些坏习惯进行批评,或直写他们的错误行为及后果,或巧指他们的一两种缺点,或有意夸张其不良习惯及可笑的结局,于巧讽暗喻中指明正确的方向。讽喻诗带有明显的诙谐调侃,却又常是温和的热讽,能使小读者在笑声中警觉、沉思,不由自主地自我审视,从中得到启示。如关登瀛的《我把那只蓝蜻蜓放了》、捷克奈兹瓦尔的《我要生起气来》、英国安·泰勒的《爱瞎鼓捣的玛蒂》等。

5.科学诗。它以诗的艺术形式来描绘科学现象,反映科学规律,赞颂科学精神,其内容类似于科学小品,其目的主要在于普及科学知识,培养科学的人生观。例如高士其的《我们的土壤妈妈》、戴巴棣的《大自然的语言》等。

除了上述五大类,还有散文诗(如泰戈尔的《纸船》)、寓言诗(如克雷洛夫的诗体寓言)、朗诵诗(如尹世霖的儿童朗诵诗)等其他文体特征的儿童诗。

二、儿童诗的五大特征

作为诗歌的一个品种,儿童诗有它自己的诗类特征,主要体现在以下五个方面。

1.抒发儿童的情感、性灵和体验。儿童诗是具有儿童灵魂及儿童意识的诗。这一点,儿童作者写的诗是不言而喻的,像中国小朋友刘倩倩的《你别问这是为什么》、马来西亚小朋友陈利惠的《不乖的妈妈》,就是儿童心灵自然流露的结晶。成人创作的儿童诗,绝大部分是以儿童为描写对象的,写的是儿童心理、儿童情趣、儿童幻想、儿童生活,即使所写的是童话故事、寓言,对事物及其意象的表现,也都是容易为儿童心灵所感应的,容易引起儿童感情的共鸣。优秀的儿童诗都具有这样的品质,如郭沫若的《满天星》、柯岩的《帽子的秘密》、意大利罗大里的《一行有一行的气味》、德国海涅的《我们那时是小孩》、俄国普希金的《渔夫和金鱼的故事》、英国戴维斯的《放学》和华兹华斯的《我们是七个》等。

2. 具有儿童情趣的独特意境。这与第一点是紧密相连的。儿童对事物与现象有自己独特的看法和认识。诗人以儿童特有的心灵展开独特的想象,将儿童活泼的天性与率朴的稚气灌注其间,使诗篇童趣盎然,给读者以美的享受。这类作品可以举出一串长长的名字,像收在本书中的金逸铭的《字典公公家里的争吵》、格鲁吉亚顿巴泽的《凯蒂诺,你猜猜》、捷克奈兹瓦尔的《我要生起气来》、俄罗斯马尔夏克的《笨耗子的故事》、英国斯蒂文森的《我的影子》等。

3. 优美的语言和流畅的音韵。诗的语言特点就是精练、优美,儿童诗尤其要做到语言流畅而优美,这不仅仅是诗歌本身的要求,也是儿童读者的需要。因为流畅而优美的语言,不仅读来上口,使儿童易于接受诗的内容,而且在接受诗的同时,还在潜移默化地培养儿童的语言能力。因此那些晦涩朦胧的语言,在儿童诗中是没有的。此外,流畅而优美的语言本身也就构成一种诗的内在节奏,使诗歌具有一种音韵美。音韵美的外在表现形式是押韵,还有长短句的交替和回环反复等手法的运用,都会大大增强儿童诗的音乐性。而就其本质来说,音韵美即节奏美,正如大诗人郭沫若所说的:"节奏之于诗,是她的外形,也是她的生命。我们可以说,没有诗是没有节奏的,没有节奏的便不是诗。"(《论节奏》)主要是"嘴唱的"儿童诗,就更加看重诗的节奏,因而对语言的优美与音韵的流畅有更高的要求。本书所选的这些优秀儿童诗,可以说在这方面是一个典范。如郭风的《油菜花的童话》和任溶溶的《爸爸的老师》、保加利亚伐佐夫的《读吧,小牧童》、南斯拉夫鲁凯奇的《贝尔格莱德出了乱子》等。

4. 鲜明的形象性。儿童是通过形象、色彩、声音来感知世界的,而色彩、声音也可以说是具体的形象,因为儿童以形象思维为主,这就是优秀的儿童诗都具有鲜明的形象性的本质原因。在抒情性作品中,形象性集中在抒情主人公身上。如日本河井醉茗笔下的交让木(《交让木》)、俄罗斯莱蒙托夫笔下的孤帆(《帆》)等。而在叙事性作品中,除人物外,还有可感可观的具体事物。如俄国普希金笔下的渔夫、金鱼、老太婆、木盆等。

5. 健康向上的主题。写给儿童的诗,必须具有高尚健康的情感,这能对孩子进行正确的引导。选材要严格,主题要积极,情感要健康,基调要向上。比如,冰心的《别踩了这朵花》和关登瀛的《我把那只蓝蜻蜓放了》,都劝告孩子们要爱护大自然的一草一木。菲律宾马丁的《生活的色彩是爱》、印度泰戈尔的《同情》、保加利亚安盖洛夫的《全球的孩子们,早上好》、俄罗斯阿吉姆的《你的朋友》、智利米斯特拉尔的《忧虑》等,礼赞的是爱的主题——友爱、母爱、人类之爱。而匈牙利裴多菲的《我是匈牙利人》和英国司各特的《爱国心》抒发的则是朴素而崇高的爱国之情。伊朗巴哈尔的《人的装饰》、坦桑尼亚夏巴尼的《我们的错误》、波兰杜维姆的《人人为人人》以及法国艾吕雅的《自由》等,都传达了诗人的一种人生体验及积极向上、不断追求的人生观。单纯幼稚的孩子需要指引,而优秀的儿童诗则是他们可以依赖的老师。

三、怎样欣赏儿童诗

欣赏儿童诗,应该具备两个基本的条件:一是要具有一定的儿童诗知识，也就是具有前文所介绍的儿童诗的概念、分类、特征等体裁知识。二是要掌握一些欣赏的方法。方法是从前人的欣赏经验中总结出来的，虽然说无定法，但其中有一些带规律性的东西，可以让初识诗歌者少走一些弯路，就能进入童诗的意境。

第一，反复吟诵，感知其中所传达的情感。诗的语言只是一种视觉符号，通过吟诵可以从语音的节奏里感知诗人所传达的情感。比如，那些节奏明快紧凑的诗，抒发的大多是豪壮的激情；那些节奏平和舒缓的诗，抒发的又多为深沉婉转的情感。语音本身就是构成诗歌美感的重要因素，反复吟诵，就是要将诗歌声音层次的美凸现出来。正像音乐可以表达丰富的情感一样，读者从声音节奏的轻重缓急中，首先在情绪上被感染，或喜或怒或哀或乐，这就等于获得了进入诗歌意境的一把钥匙。

第二，想象与联想，再造儿童诗的意境。所谓意境，是诗人在诗中创造的情景交融的艺术境界。用王国维的话说："能写真景物真感情者，谓之有境界，否则谓之无境界。"诗歌讲究的就是意境的创造，没有意境，也就不能叫诗。意境首先存在于诗人的心中，当将它写出时，便成了一行行语言文字的链条，意境暂时消失在文字背后。而当读者阅读时，这意境便又开始清晰地出现在他们的脑中，这是因为读者的想象与联想起了重要作用。汉字是形、音、义的统一体，从看到字形，到读出声音，再到体会含义，这本身就是一连串的联想；更不用说语言的描写，往往不仅难以完全地表达诗人所要表达的意境，而且诗的语言的跳跃性，又经常留下一些"断裂"或"空白"，需要读者运用联想与想象去衔接和填充，才能再现美妙的意境。我们读台湾诗人林焕彰的小诗《蝉》，就能体会出想象与联想对再造意境的意义。全诗如下："蝉的歌儿很好听，可是要到夏天才唱；它们喜欢赞美金色的阳光。蝉的歌儿很好听，可是它们只爱在树上唱；所以，一到了夏天，树都变成了会歌唱的伞。"这首小诗给人想象的空间很大。去年的蝉歌犹在耳边,孩子们期待着夏天金色的阳光,那时,"树都变成了会歌唱的伞"。一个"伞"字,匠心独用,写活了一种景观。树上有蝉,招来孩子们的翘望,人越聚越多,树便像是给人避雨的"伞"了。诗之妙处,在于它不着一"童"字,写的是蝉,却让读者仿佛见到一张张翘望的、屏住呼吸的小脸,一双双搜寻的睁得溜溜圆的大眼,甚至可以想象有调皮的孩子想去偷偷取来捕蝉的网,又怕惊跑了蝉而招来同伴的责骂,于是也只能默然立于树下,听蝉的独唱。读者正是通过联系与想象才进入这首诗的意境的。

第三,品味诗人寄寓的情思。诗人为什么要写这首诗,是有他的情思要表达,所谓"在心为志,发言为诗"。诗人或借景抒情,或托物言志,或直抒心声,或将自己的情思不动声色地寄寓于所述事件的情节中。因而,在阅读时,就要认真品味。比如胡适的短诗《老鸦》,诗中所写的乌鸦是孩子们在日常生活中都熟悉的不吉利的形象,但诗人却将其塑造成一个不迎合、不趋势,虽饥寒交迫,仍独立不移的强者形象,这就必须联系当时"五四"新文化运动的背景来认识,其中深含的反对封建传统、追求个性解放的精神,需要读者经过思考,才能慢慢领悟。如果将《老鸦》作为一首寓言诗来读,它所寄寓的"不具备讨好奉承的本事,就只好饿肚皮"的讽刺主题,也要从诗中老鸦的遭遇展开推理,才能得出。品味诗人所寄寓的情思,是诗歌欣赏的一个基本目标。情感的把握、意境的重建,最终都指向一个目标——了解诗人的情思,从中获得教益。虽然在每一个阶段又有其独立的欣赏意义,但欣赏应该是一个由表及里、由浅入深、由感性到理性的认识过程。对于儿童读者来说,因其欣赏能力的限制,暂时只能达到某一个欣赏层次,这没有关系,因为随着能力的渐进,层次也相应提高。文学欣赏中的拔苗助长,对孩子文学能力的养成,同样是十分有害的。

四、让孩子多读诗

"让孩子多读诗",写下这个题目,其实是有所指的。相对于"孩子"的是"大人",这主要是指孩子的父母与老师。意思自然是希望他们能够将优秀的儿童诗推荐给孩子们,让孩子们有机会读到更多的诗。这对孩子的健康成长确实是一件大事情。

诗是感情的营养品。优秀诗歌所抒发的感情无论喜、怒、哀、乐,都是一种肯定的感情,它能从感情上打动儿童,使他们在感动之中不知不觉地接受教育,成为一个感情丰富的人。感情丰富的人,对事物的感受力才强烈,并能从司空见惯的事物中有精微的发现,这就是创造力。

诗可以"锻炼美的感觉"。高尔基在1935年给一个小学生的复信中就写道:"请读好的书,扩大自己的眼界,锻炼美的感觉。"并特别写道:"我劝您读普希金。"儿童诗是美的诗,它用从心灵中发掘出来的美,去陶冶儿童稚嫩的心灵。对于幼小的孩子来说,诗可以让他从听觉训练开始,在甜美的韵律中,使他感受到一种怡人的音乐美。儿童诗是快乐的诗,它又可以培养孩子们的幽默感。而其中的抒情诗,又可以培养孩子具有温柔亲切的感情,使人在沉思之中得到安谧的享受,在美的熏陶中培养典雅高尚的情操。具有"美的感觉"的人,他对事物的感受力才强烈,他能用自己的眼睛在看别人见过的司空见惯的东西上发现出美来。

读诗还可以养成一种纯正的文学趣味。朱光潜在《谈读诗与趣味的培养》中写道:"一个人不欢喜诗,何以文学趣味就低下呢?因为一切纯文学都要有诗的特质。一部好小说或是一部好戏剧,都要当作一首诗看。诗比别类文学较谨严,较纯粹,较精微。如果对于诗没有兴趣,对于小说、戏剧、散文等等的佳妙处,也终不免有些隔膜。不爱好诗而爱好小说、戏剧的人们,大半在小说和戏剧中只能见到最粗浅的一部分,就是故事。"而"要养成纯正的文学趣味,我们最好从读诗入手。能欣赏诗,自然能欣赏小说、戏剧及其他种类文学"。这些精辟的见解告诉人们,应该尽早供给孩子们优秀的诗歌,养成他们纯正的文学趣味,借以引导他们阅读其他样式的文学作品,从而得到很好的文学熏陶。

事实就是这样,愈早供给孩子们诗歌,孩子们就愈早从文学那里得到"感情的营养",亦就愈早成为具有高尚情操的人。

让孩子们有更多的机会,读到优秀的儿童诗,这也是有责任心的大人们应尽的一种义务。

自然儿歌五首

风 来 咯

风来咯,
雨来咯,
老和尚背了鼓来咯。

雨

千条线,
万条线,
掉在河里看不见。

星

满天星,
亮晶晶,
好像青石板上钉铜钉。

月 奶 奶

月奶奶,
高挂挂,
与你拐棍你下吧。

落 叶

秋风吹,

树叶摇,

红叶黄叶往下掉,

红树叶,

黄树叶,

片片飞来像蝴蝶。

  这是一组以自然现象为题材的儿歌,风、雨、星、月和落叶是儿童身边最常见的自然现象,平常到让儿童习以为常,原来如此,与生俱来。但儿童认识世界就是从认识身边的人和物开始的,在儿童的眼里,万物和他一样,都是有生命的,都是有形状、色彩、声音与感情的。风雨带来的声音像鼓点,雨下得像线线,星星像铜钉,月亮像奶奶一样慈祥,落叶像蝴蝶一样翻飞。一幅幅充满生机活力的自然景象在儿童眼前呈现,让儿童认识了五种自然现象,又有诗歌的审美享受。儿歌以比拟的手法,发挥丰富的联想,以朗朗上口的节奏,寥寥数语中,写物抒情,有着生动的形象美、自然的和谐美、热爱自然的情感美、童心童趣的童真美。

咏物儿歌四首

牵 牛 花

牵牛花,
往上爬,
爬到瓦顶吹喇叭。
嘀嘀嗒,
嘀嘀嗒,
谁愿上天跟我玩。

石 榴 花

石榴花,头对头;
爸爸给我一匹牛,
姐姐给我一匹绸,
哥哥送我一把扇,
舅舅送我小花狗。
骑着牛,穿着绸,
手拿扇子遮日头,
旁边跟着小花狗。

菊 花 开

板凳、板凳,歪歪,
菊花、菊花,开开,
开几朵?

开三朵；

爹一朵,娘一朵,

剩下那朵给白鸽。

小 玫 瑰

飞飞飞,

飞到石头堆,

石头堆,

一树好玫瑰,

好玫瑰,长得美,

身上配翡翠。

小玫瑰,你是谁,

我是你的小妹妹。

导读

  这是一组以"花"为名的咏物诗,各有其妙趣。《牵牛花》是唯一写"花"的儿歌,以极度夸张和拟人手法,写牵牛花的勃勃生机,像个小号手,爬上瓦顶,向天而歌,展示生命的力量、成长的力量。《石榴花》并不写石榴花,而是借花起兴,写有趣的生活景象,塑造了一个骑牛、穿绸、拿扇,头上有日头,身边跟小狗的儿童生活场景,而儿童的快乐生活是他的爸爸、姐姐、哥哥、舅舅等亲人们赠与的,让读者展开丰富的想象。《菊花开》和《小玫瑰》是两首以花起兴、表达温暖情感的儿童游戏歌谣。前者写儿童在游戏中表达对爹娘亲人的爱,对象征纯洁和平美好的白鸽的爱。后者以"小玫瑰"比喻"小妹妹",物与人的角色转换非常自然,有场景动感,有爱美的小妹妹的鲜活形象。四首咏物儿歌是四种借物抒情的儿歌写法,值得仔细玩味。

动物儿歌五首

小 耗 子

小耗子，
上灯台，
偷油吃，
下不来，
吱儿吱儿叫奶奶，
奶奶不肯来，
叽里咕噜滚下来。

小 绵 羊

一群小绵羊。
带着小铃铛，
叮叮当，叮叮当，
走下小山岗。

小黑驴儿

小黑驴儿，小黑驴儿，
黑黑的脊梁白肚皮儿，
白尾巴梢儿红嘴唇儿，
还有四只白银蹄儿。

阿狗阿猫

阿狗阿猫,

生出会逃,

阿猫阿狗,

生出会走。

老鼠嫁女

吱吱吱,

抬花轿,

老鼠嫁女多热闹。

新娘穿个大红袄,

新郎头戴红缨帽。

前头彩旗整八对,

后头响手带火炮。

花轿抬到墙根起,

碰见一只大狸猫,

啊呜啊呜都吃了。

导读

　　这是一组以儿童身边动物为题材的儿歌,描绘动物的模样和行为,诙谐幽默,妙趣横生。《小耗子》有很多版本,这个版本简洁短小,但加入了奶奶角色,让故事增色,也将小耗子"还原"为淘气的"小孩子"。《小绵羊》短短四行,极其简洁又极富表现力地描绘了一幅绵羊走下山岗、一路铃声叮当的美妙境界。《小黑驴儿》写颜色,写小黑驴有白肚皮儿、白尾巴稍儿、白银蹄儿,还有红嘴唇儿,黑、白、红色彩对比鲜明。"儿"化音让儿歌的节奏感强,有一种音乐的美,也有一种欢乐的美。《阿狗阿猫》巧妙地将名称调换使用,产生绝妙的戏剧效果,而对阿狗阿猫生来就"会逃""会走"本领的羡慕之情溢于言表,有一颗儿童的心在字里行间跃动。《老鼠嫁女》也是一首流传广泛的传统儿歌,全诗五分之四的篇幅都在渲染婚礼的隆重,最后两句突然以猫吃老鼠结尾,既符合生活逻辑,又有一种乐极生悲、物极必反的哲理。

颠倒儿歌四首

东 西 街

东西街,南北走,
出门看见人咬狗,
拿起狗来打砖头,
又怕砖头咬了手。

稀奇稀奇真稀奇

稀奇稀奇真稀奇,
麻雀踩死老母鸡,
蚂蚁身长三尺六,
八十岁的老头儿坐在摇车里。

你说好笑不好笑

石榴树,结樱桃,
杨柳树上结辣椒。
吹着鼓,打着号,
抬着大车拉着轿。
木头沉了底,
石头水上漂。
小鸡叼着饿老鹰,
老鼠逮住大狸猫。
你说好笑不好笑。
老鼠嫁女多热闹。

太阳从西往东落

太阳从东往西落,
听我唱个颠倒歌。
天上打雷没有响,
地下石头滚上坡。
江里骆驼会下蛋,
山上鲤鱼搭成窝。
腊月酷热直淌汗,
六月下雪打哆嗦。
姐在房间头梳手,
门外口袋把驴驮。
咸鱼下饭淡如水,
油煎豆腐骨头多。

导读

　　颠倒歌就是把我们已经认知了的现实生活中各种事物的特性和相互关系进行颠倒和互换而创作的歌谣,把完全不可能出现的现象和发生的事情,煞有介事地说出来,让人在心领神会地笑声中思考,为什么会出现这样不可思议的颠倒黑白的事情?事情和现象之间有什么必然联系?颠倒歌最常用的手法是强烈的对比、夸张、拟人,描绘一个奇幻的新世界,说明一个真的道理。如上述儿歌中把"南北走"的特征加在"东西街"上,把麻雀的"小"与母鸡的"大"进行调换,把老头、孙子的大小颠倒过来,把本来具有的必然关系反过来说,如猫吃老鼠、老鹰叼小鸡、打鼓吹号、鲤鱼上山、六月下雪、豆腐长骨头、石头上浮、木头沉底,等等。上述四首颠倒歌也代表了两种主要的构思方法,《东西街》《稀奇稀奇真稀奇》《你说好笑不好笑》属于颠倒正常的主谓宾搭配关系;《太阳从西往东落》属于颠倒逻辑、反唱世事的颠倒歌。它是一种特殊而重要的民间歌谣类型,不仅体现了民间特有的智慧和幽默,也暗藏一种狂欢性的颠覆力量,有时还特意用来表达不满,有讽刺意味。作为一门语言艺术,颠倒歌还可以用来对儿童进行观察、思考、逻辑、认知等智力训练,在极度对比、夸张、想象中,从反面认识事物之间的联系和现象之后的本质,深受儿童读者喜欢。

【中国】胡适

老 鸦

（一）

我大清早起，
站在人家屋角上哑哑地啼。
人家讨嫌我，说我不吉利——
我不能呢呢喃喃讨人家的欢喜！

（二）

天寒风紧，无枝可栖。
我整日里飞去飞回，整日里又寒又饥——
我不能带着鞘儿，翁翁央央地替人家飞；
也不能叫人家系在竹竿头，赚一把黄小米！

导读

胡适(1891—1962)，字适之，安徽绩溪人，我国现代著名的作家、学者。20世纪一二十年代，他与另一位安徽老乡陈独秀一起，发起在中国文学史上具有划时代意义的"五四"文学革命，揭开了中国现代文学的序幕。"五四"文学革命的主要内容是反对旧文学、提倡新文学，反对文言文、提倡白话文。胡适不仅大造"白话文学为中国文学的正宗"的舆论，而且亲自实践，于1917年2月在《新青年》第2卷第6期发表了我国有史以来最早的白话诗——《白话诗八首》，继而于1920年3月出版了我国文学史上第一部白话诗集——《尝试集》。胡

适的成功创作实践打破了那些认为"白话可以写小说、散文,而不能入诗"的谬论,为文学革命的胜利从创作上奠定了最初的基石。

所谓"白话诗",就是"我手写我口",平时怎么说话就怎么写,不避俗语俗字,以口语入诗,使妇幼农工商等一般大众都能读;在形式上很自由,不像古典诗词那样受格律、字数、行数的限制。所以"白话诗"又叫"新诗"或"自由诗"。因为它明白如话,又打破旧体诗歌的格律桎梏,通俗、自由近于民间歌谣,所以新诗一开始就与儿童诗有着天然的联系。新诗中有不少诗篇就是被视作优秀的儿童诗而被流传下来的,如周作人的《儿歌》、朱自清的《睡吧,小小的人》、刘大白的《两个老鼠抬了一个梦》和《卖布谣》等。胡适的《尝试集》中就有不少诗篇是适合孩子们阅读的,这里选的《老鸦》就是其中之一。

《老鸦》以传统风俗习惯中视乌鸦为不吉祥物来构造诗情画意,其情其景是孩子们在日常生活中很熟悉的,又以乌鸦的自言自语入诗,通俗、明白、晓畅、自由,易诵易记。而蕴含在这平常题材与通俗形式之中的"志"又是在诗的节奏中自然而然地流露给孩子们的。诗人用对比的手法,塑造了一种不阿谀奉承、不趋炎附势,虽饥寒交迫仍独立不移的老鸦形象。如果熟悉当时"五四"新文化运动的情景,读者会极自然地联想到抒情主人公胡适在诗中表现的正是他桀骜不驯的性格以及反对封建传统、要求个性解放的目标。如果不了解这段历史,也没有关系。其实可以将《老鸦》当作一首寓言诗来欣赏:短短八行,明白如话,却包含深刻的寓意——不具备讨好奉承的本事,就只好饿肚皮。

【中国】郭沫若

满 天 星

青石板,板石青,
青石板上钉铜钉。
你说这是什么子?
我说这是满天星。

满天星,星满天,
天河流在天中间。
东有牛郎西织女,
隔河相对泪涓涓。

泪涓涓,涓涓泪,
安得有桥桥上会?
口衔桂枝赴银河,
飞来鸦鹊满天飞。

满天飞,鸦鹊叫,
天河上面搭了桥。
牛郎织女会桥头,
天下女儿争乞巧。

争乞巧,巧乞争,
星光之下竞穿针。

针眼太小线太粗，
穿来穿去天快明。

天快明，鸡公叫，
天河水涨桥翻掉。
牛郎织女早淹死，
星座隔河守到老。

郭沫若(1892—1978)，原名郭开贞，四川省乐山县人。我国现代著名作家、诗人和剧作家，也是中国儿童文学的拓荒者与奠基者之一。早在"五四"时期，他就以自己的理论和创作，热心倡导儿童文学。代表作有论文《儿童文学之管见》，童诗《两对儿女》《天上的街市》和《两个大星》，歌舞剧《黎明》和童话诗剧《广寒宫》等。中华人民共和国成立以后，仍热心扶植儿童文学，并于1965年出版了儿童诗集《先锋队》。他写的《中国少年先锋队队歌》，至今仍在广大少年儿童中传唱不衰。

《满天星》写于1941年4月4日。这是一个特殊的日子——当时的"儿童节"。20世纪30年代，国民党政府根据一些热心儿童福利的社团提出的呈请，自1932年开始，将每年的4月4日定为"儿童节"。1949年中华人民共和国成立以后，每年的6月1日定为"儿童节"。由此可见，郭沫若这首《满天星》是有意之作，是送给孩子们的节日礼物。作者借"牛郎织女"这一家喻户晓的神话故事，将孩子们的好奇心引向辽阔深邃的夜空，带入一种动人的、颇有趣味的神话境界，使他们在受到文学语言熏陶的同时，身心也获得一种愉悦快感。在艺术表现上,作者巧妙地借用了流传很广的四川传统儿歌《青石板,板石青》的起兴手法,又以最朴实、明白、自然的答问入题("你说这是什么子？我说这是满天星"),勾起了儿童浓厚的阅读兴趣。作者还大胆仿用我国传统儿歌在章法与句法上的表现技巧,每节首句采用有变化的反复的句式(如"青石板,板石青";"满天星,星满天";"泪涓涓,涓涓泪"……),并以此自然换韵,每节一、二、四句严格押韵,而且在各节之间又采用勾联的方式,即上一节第四行的最后一个两节拍短语,在下一节起首处重复出现,以引出本节所要诵唱的内容。凡此种种,使得这首儿歌不仅节奏十分和谐悦耳、优美动听,而且节与节之间在内容、形式上互为连环呼应。整首儿歌趣味天成,非常适于孩子们朗读记诵。

【中国】冰心

别踩了这朵花

小朋友,你看,
你的脚边,
一朵小小的黄花。
我们大家
绕着他走,
别踩了这朵花!

去年有一天:
秋空明朗,
秋风凉爽,
他妈妈给他披上
一件绒毛的大氅,
降落伞似地,
把他带到马路边上。
冬天的雪,给他
盖上厚厚的棉衣,
他静静地躺卧着,
等待着春天的消息。

这一天,他觉得
身上润湿了,
他闻见泥土的芬芳;

他快乐地站起身来,
伸出他金黄的翅膀。

你看,他多勇敢,
就在马路边上安家;
他不怕行人的脚步,
也不怕来往的大车。
春游的小朋友们
多么欢欣!
春风里飘扬着新衣——新裙,
你们头抬得高,
脚下得重,
小心在你不知不觉中,
把小黄花的生机断送;
我的心思你们也懂,
在春天无边的快乐里,
这快乐也有他的一份!

导读

冰心(1900—1999),现代著名作家、儿童文学作家。代表作有诗集《繁星》《春水》,散文《寄小读者》《再寄小读者》《三寄小读者》,小说《小桔灯》等。《别踩了这朵花》是冰心在年近花甲时写给小朋友的一首优美的充满爱心的诗篇。对大自然的爱是冰心儿童文学创作中最为重要的母题之一,《繁星》《春水》《寄小读者》中就有大量这样的作品。在《别踩了这朵花》一诗中,诗人以通俗的口语,率直恳切的语气,向小朋友提出了一个希望,一种提醒、嘱咐,乃至请求。一朵生长在路边的小黄花,是再普通也不过的植物了,不要说孩子,就是大人们,也往往会忽视它、踩到它。而在诗人的眼中,这朵小黄花是大自然之子,与人类没有两样;它不仅以自己充满生机的生命,丰富着春天的色彩,而且它自身就是春天的象征,是"春天无边的快乐里"的"一份"。诗人以自己的爱心与独特的艺术发现传达给读者的是"爱的哲学":"小黄花"其实只是一个象征物,它代表着大自然的一草一木,人类应该像爱护自己的生命那样爱护身边的一草一木,使人类得以安身立命的生态自然环境不受人为的破坏。

【中国】艾青

初　雪

下雪了！
下雪了！
好大的雪呀！
弟弟好高兴，
妹妹也欢喜，
一个在前面跑，
一个在后面追，
跑着，追着，
忽然站住了
都在喘着气……

弟弟搓着手说：
"这天气真冷——
要是下棉花多好，
可以做棉衣……"
妹妹张着小嘴说：
"可不是，
要是下白糖，
下到我的嘴里……"

弟弟在摇头，
妹妹在噘嘴，

只见好姐姐
笑眯眯走过来，
姐姐说：
"你也别摇头，
你也别噘嘴，
大雪下到地里
给麦子当被子……"

弟弟和妹妹一同说：
"拿雪当被子，多奇怪！"
姐姐说：
"有了雪当被子
再冷也冻不死麦子……

到了明年春天，
天暖和了，雪化了，
大地喝得饱饱的
给我们长棉花，
给我们长麦子，
穿的大棉袄，
吃的白面馍，
还有甜菜做的砂糖，
吃到嘴里甜甜的……"

看着漫天的飞雪，
弟弟妹妹都笑了，

又是跳,又是叫:
弟弟说:"大雪,大雪,
快下吧,越大越好……"
妹妹也说:"快快下,快快下,
下得厚厚的,厚厚的……"

导读

艾青(1910—1995),原名蒋海澄,浙江金华人,我国现当代著名诗人。代表作有《大堰河——我的保姆》《向太阳》《火把》《毛泽东》等。当诗人将深情的目光投向儿童时,他写下了脍炙人口的《初雪》。孩子没有不喜欢在雪天里嬉戏的,诗人抓住了孩子们这一天性,刻画了"弟弟"和"妹妹"两个天真稚气的幼童形象。他们活泼好动,或"跑"、或"追"、或"喘"、或"搓"、或"摇头"、或"噘嘴"、或"跳"、或"叫",像纷飞的初雪那样无忧无虑,与大自然融为一体。他们纯洁善良,在明白了"瑞雪兆丰年"的道理后,忘记了寒冷,希望雪下得又大又厚,像晶莹的初雪那样纯洁无瑕。"初雪"与"童趣"的和谐而完美的融合,很好地表现了诗人所追求的诗美理想:在质朴无华中抒写童真美。全诗语言浅显、质朴、生动、简洁,把单纯朴素的形象和深刻丰富的内容以及优美、抒情的笔调融为一体,充分体现出了艾青诗歌"朴素、单纯、集中、明快"的艺术风格。

【中国】郭风

油菜花的童话

春天点亮了,
春天亮得像一支花烛。

看哪,那一片繁盛的国土,
田野里,春天开放得多么绚丽!

而我们的小村姑,
——油菜花,打扮得那么好看。
我们看见,
她的小发辫上,簪着黄色的小野花。

嗡嗡——嗡,
蜜蜂也歌唱着飞来了。

"你打扮得那么好看呢,"
蜜蜂赞美说,"你欢迎我来游玩吗?"

"你很好,"
油菜花害羞地说,"你的歌唱得很好。"

"对了,我唱得很好,"
蜜蜂夸耀地说,"我还会做工!"

"真的,我们可以做很好的朋友。"
油菜花愉快地说。

"做很好的朋友，
——你是说，我们要结婚吗？"

"不，——
我不要和你结婚。"她侧着头说。

"你为什么不和我结婚呢？
我会做工，我家里有很多的蜜！"

"可是，我不能，
而且，我的妈妈也不肯呢。"

"你的妈妈——
我可以跟她说的。"

小油菜花摇着头，
她觉得不能和蜜蜂"结婚"……

"小油菜花，
你为什么不答应呢？"

"我好像已经结过婚了，"
油菜花回忆着说，"我梦见自己结过婚了！"

"你骗我！你没有结过婚，
况且，我没有听见你家放鞭炮！"

"我没有骗你，蜜蜂！"
小油菜花要哭地说。

蜜蜂也急了,
只是"嗡嗡"地在唱着。

好在这时豌豆花来了,
"你们为什么吵闹呢?"豌豆花问道。

"我们不是吵闹,"油菜花说,
"可是蜜蜂要和我结婚!"

"结婚!不,
那是大人们的事!"豌豆花想了一下说。

"真的吗?"蜜蜂马上问道,
"那么,我们不要结婚了!"

这时,田野的风,吹着风笛走过了。
"多么好听的音乐!"大家都赞美起来,
"我们来跳舞吧!"
春天点亮了,
春天亮得像一支花烛。

田野里,
看哪,油菜花们在迎风跳舞了。

"蜜蜂,你跳得多么好!"
小油菜花赞美说,"我们来接吻吧!"

"我还会做工呢,"蜜蜂吻着她说,
"我家里还有好多的蜜!"

郭风(1918—2010),福建莆田人。著名散文家、儿童文学家,曾任福建省作家协会主席。代表性作品都收在《郭风儿童文学文集》里,其中有《油菜花的童话》《小郭在林中写生》《小野花的茶会》《豌豆的三姐妹》等一批脍炙人口的童话诗。

郭风的童话诗幻想瑰丽动人,乡土气息浓郁,生活情趣盎然,他的诗把大自然的美感淋漓尽致地展现在人们眼前,而孩子的天真活泼也跃然纸上。他的作品语言似行云流水,自然清新,飘逸洒脱,毫无矫揉造作之感。这些独特的艺术风格,从这首《油菜花的童话》诗里就可以领略一斑。

油菜花是孩子们,尤其是乡村孩子熟识的东西。诗人以独具的慧眼,大胆运用拟人化手法,从油菜花与蜜蜂在自然界中的关系展开美妙的幻想,描绘了一个极富情趣的童话世界。诗中的油菜花、蜜蜂和豌豆花,这些自然界中平凡的小生命,在诗人的生花妙笔下,上演了一场充满童真、童趣的童话剧,其优美的情思、动人的意境,正是童心世界的绝妙写真。郭风不是用诗,而是用他那无邪的童心在歌唱大自然,又让读者从他描绘的充满神奇色彩的大自然图画里,体味出童心世界的永久的魅力。

【中国】高士其

我们的土壤妈妈

我们的土壤妈妈,
是地球工厂的女工。
在大自然的建设计划中,
她担负着,
几部门最重要的工作。

她保管着矿物、植物和动物,
还有肉眼看不见的微生物;
她改造物质,发展生命,
经营着无机和有机,
两大世界的巨大工程。

她住在地球表面的第一层,
由几寸到几丈的深度,
都是她的工作区。
她的下面有水道,
水道的下面是牢不可破的地壳。

她是矿物商店的店员。
在她杂色的柜台上,
陈列着各种的小石子和细沙,
都是由暴风雨带来的,

从高山的崖石上冲洗下来的。

她是植物的助产士。
在她温暖的怀抱里，
开放着所有嫩芽和绿叶，
摇摆着各色的花朵和果实，
根和她紧密地拥抱。

她是动物的保姆。
在她平坦的摇床上，
蹦跳着青蛙和老鼠，
游行着蚂蚁和蚯蚓，
蜷伏着蛹和寄生虫。

她是微生物的培养者。
在她黑暗的保温箱里，
微生物迅速地繁殖着；
它们进行着化解蛋白质的工作，
它们进行着制造植物肥料的工作。

我们的土壤妈妈，
像地球的肺。
她会吸进氧气，
她会呼出二氧化碳；
有时还会呼出阿摩尼亚。

她又像地球的胃，
她会消化有机物。
地球上所有的腐物，
几千万年人和兽的尸体，
都由她慢慢地侵蚀。

她又像地球的肝。
毒质碰着她就会被分解，
臭味碰着她就会被吮吸，
病菌碰着她就会被淘汰，
使传染病停止了蔓延。

我们的土壤妈妈，
同水有深厚的感情！
她有多孔性和渗透性，
她像海绵一样，
能够尽量吸收水。

我们的土壤妈妈，
同太阳有亲密的友谊！
她能够接受太阳的热；
当黄昏来到的时候，
又把它发散出来。

气候也会影响她的健康。
冰雪的冬天，

把她冻坏了；
快乐的春天，
把她解放了。

在城市，有数不尽的垃圾堆，
都要经过她的改造，
才能变成美好的肥料。
我们的土壤妈妈，
完成了清洁队员未了的工作。

在农村，有数不清的田亩，
滴上了农民们的血汗，
播种下谷子、小麦和高粱。
我们的土壤妈妈，
从不辜负农民的希望。

改造自然的伟大计划，
把沙漠变成了绿洲，
从荒芜走向繁荣，
我们的土壤妈妈，
更进一步展开她的工作。

导读

高士其(1905—1988)，原名高仕琪，福建省福州人。我国现代著名科学家、科普作家。1925年于清华留美预备学校毕业后，被保送到美国留学。1928年在芝加哥大学医学研究院研究食物毒细菌时,因实验事故受甲型脑炎病毒感染,留下严重残疾。1930年秋回国,曾在南京中央医院任检验科主任。1933年在陶行知、李公朴、艾思奇等人影响下,开始从事科学文艺创作,是我国儿童科学文艺的奠基人与杰出代表。由安徽少年儿童出版社出版的四卷本《高士其全集》的第三卷收录了他的全部科学诗创作,近50万字。

高士其科学文艺创作的最高成就是以《我们的土壤妈妈》等为代表的科学诗。高士其的科学诗内容广泛,从原子到宇宙,从生命的起源到细胞的形成……无所不及,为读者揭示了一个广阔而有趣的科学世界。由于诗人善于把复杂奥妙的科学知识,用生动活泼、浅显易懂、朗朗上口的诗的形式表达出来,尤其受到少儿读者的欢迎。

《我们的土壤妈妈》创作于1950年,曾获1954年全国第一次少儿文艺创作评奖一等奖,1980年又被授予全国第二次少儿文艺创作评奖荣誉奖。诗人采用拟人化的手法,运用一系列的比喻,形象而生动地讲述了土壤不断运动、变化、更新、发展的过程;介绍了土壤的特性、功能以及它与植物、矿物、微生物、地球、水、太阳等的关系,特别是和人类的关系,在赞颂土壤孕育生命、造福人类的巨大作用的同时,塑造了一位慈爱无私、勤奋耕耘的土壤妈妈的形象。而形象的另一面,诗人又十分辩证客观地告诉读者,土壤在世界万物中也只是一员,离开了其他物质的密切协作,便做不出贡献,甚至气候也会影响土壤,冬天的冰雪会把她冻坏,快乐的春天会把她解放。这给人们的启示是形象而深刻的:大自然是一个不可分割的整体,各种事物间有着紧密的联系。这对培养孩子们树立辩证唯物主义观点,保护生态环境,有着积极的意义。

【中国】陈伯吹

摇 篮 曲

风不吹,浪不高,
小小的船儿轻轻摇,
小宝宝啊要睡觉。

风不吹,树不摇,
小鸟不飞也不叫,
小宝宝呀快睡觉。

风不吹,云不飘,
蓝蓝的天空静悄悄,
小宝宝啊好好地睡一觉。

导读

　　陈伯吹(1906—1997),上海宝山(原江苏宝山)人。著名儿童文学作家、翻译家、出版家、教育家。先后在儿童书局、中华书局、少年儿童出版社、人民教育出版社工作。他于20世纪20年代任小学教师时开始儿童文学创作,1927年在商务印书馆出版第一部中篇小说《学校生活记》,从此将毕生精力奉献给儿童文学事业,是中国儿童文学的一代宗师,在海内外享有极高的声誉。他对中国儿童文学事业做了杰出的贡献。他的儿童文学创作、翻译和理论研究是中国儿童文学的宝贵遗产,代表作有《阿丽思小姐》《波罗乔少爷》《华家的儿子》《火线下的孩子》《一只想飞的猫》《中国铁木儿》《幻想张着彩色的翅膀》《从山冈上跑下来的小女孩》《飞虎队和野猪队》《骆驼寻宝记》等童话、小说、散文，以及评论集《儿童文学简论》等。1981年，他捐款5.5万元稿费设立"上海儿童文学园丁奖"，后改名"陈伯吹儿童文学园丁奖"，鼓励国内作家参与儿童文学创作。1988年此奖改名为"陈伯吹儿童文学奖"。2014年，正式更名为"陈伯吹国际儿童文学奖"，以表彰世界范围内对儿童文学事业做出卓著成绩的儿童文学创作者、儿童文学工作者和相关人士。

摇篮曲又叫催眠曲，是人生最早接触到的文学样式，当孩子呱呱坠地不久，就会从妈妈嘴里听到这种发自内心的爱的歌谣。这首《摇篮曲》是陈伯吹幼儿文学的代表作，在优美的韵律、恬静的氛围中表达了母亲对小宝宝的抚爱之情。作品一韵到底，朗朗上口，特别是歌词简短，含义单纯，节奏轻快，韵律优美，在变化反复的句式中，不仅渲染了外部环境越来越安静，开始进入梦乡，也在回环反复的音乐美中，母爱的情感越来越浓，得到升华。"风不吹"是"浪不高""树不摇""云不飘"的原因，从不高、不摇、不漂的三个层次描写中，营造出周围事物即将进入梦乡的静谧世界，唱出了一种静悄悄、甜蜜蜜的、极富诗意的梦境，宝宝在这梦境般的《摇篮曲》的歌声里甜美地睡觉，甜美地成长。

【中国】戴巴棣

大自然的语言

别以为人才说话，
大自然也有语言。
这语言到处都有，
睁开眼就能看见。

你看那天上的白云，
这就是大自然的语言：
白云飘得高高，
明天准是个晴天。

你看那地上的蚂蚁，
这也是大自然的语言：
蚂蚁忙着搬家，
出门要带雨伞。

蝌蚪在水中游泳，
不就像黑色的"逗点"？
大自然在水面写着：
春天来到人间。

大雁在编队南飞，
不就像"省略号"一串？

大自然在蓝天写着:
秋天就在眼前。

大树如果被砍倒,
你会把年轮发现——
一年只长一圈,
这是大自然的语言。

你如果钓到大鱼,
鱼鳞上也有圈圈——
一圈就是一岁,
这又是大自然的语言。

大自然把"三叶虫"化石,
嵌在喜马拉雅山巅。
这是在告诉人们:
那儿曾是汪洋一片。

大自然把一块"漂砾"①
撒在江南的庐山。
那又在提醒大家,
这儿有过寒冷的冰川。

大自然的语言并不难懂,

---

① 漂砾:冰川从山谷中央带下来的石头。

只要你肯刻苦地钻研；
假如你害怕动脑筋，
那就常常会视而不见。

比如斗转星移，
那何止千年万年，
可直到哥白尼眼里，
才把"太阳中心说"创建。

阿基米德洗澡时候，
学会了鉴别皇冠。
可别人也都会洗澡，
为什么不会把浮力计算？

在暴雨中放风筝，
富兰克林捉到雷电。
放风筝的人千千万，
为什么没这项发现？

大自然的语言呵，
真是妙不可言。
不爱学习的人看不懂，
粗心大意的人永远看不见。

戴巴棣,生卒不详。浙江鄞县人。当代科普作家,上海《科技之窗》编辑,发表过多篇科学诗和科学童话诗。《大自然的语言》是他的代表作,发表在1979年5月9日的《中国少年报》上,后被收入《中国儿童文学大系》"科学文艺卷"。

在《大自然的语言》这首科学诗里,诗人首先提出了一个饶有兴趣的问题:大自然也有自己的语言,继而列举了一系列富有因果联系的自然现象,让读者形象地了解"大自然的语言"的特征后,可以举一反三地认识大自然。诗人最后告诉读者,"大自然的语言并不难懂,只要你肯刻苦地钻研",就一定能像哥白尼、阿基米德、富兰克林等科学家那样,识别那"妙不可言"的大自然的语言,在与大自然的交谈中,发现大自然的秘密,让大自然为人类造福。

【中国】刘兴诗

大海是什么颜色

大海是什么颜色?
大海是蓝的。

啊!不。
船儿开出长江口,
海水是黄的。

为什么那儿的海水发黄?
长江流过几千里,
带来许多泥沙,
把海水染成黄色。

大海是什么颜色?
大海是黄的。

啊!不。
在没有河流的岩岸边,
海水是绿的。

为什么那儿的海水绿幽幽?
岸边海水浅,
没有沙、没有泥,

像是透明的绿玻璃。

大海是什么颜色?
大海是绿的。

啊!不。
船儿开到北冰洋,
海面是白的。

为什么那儿一片白茫茫?
北风呼呼吹,
海水冻成冰,
亮晶晶地放银光。

大海是什么颜色?
大海是白的。

啊!不。
在非洲的红海边,
海水是红的。

为什么那儿的海水发红?
火红的太阳,红色的崖壁,
沙漠里吹来的热风……
把海水映得红通通。

大海是什么颜色?
大海是红的。

啊!不。
在欧洲的黑海,
海水是黑的。

为什么那儿的海面发黑?
那儿常常天阴,
加上海底厚厚的乌泥,
海水给映得黑沉沉。

大海是什么颜色?
大海是黑的。

啊!不。
在辽阔的大海洋上,
海水是蓝的。

为什么广阔的大海那样碧蓝,
好像是一匹闪亮的蓝锦缎?
深深的海洋多么清亮,
宝石一衬映,蓝色的波浪
到处都闪烁着美丽的蓝光。
蓝色,是大海最喜欢的衣裳。

刘兴诗(1931—),四川省德阳人,成都地质学院教授,中国作协会员。20世纪50年代末开始儿童文学创作。作为一个地质工作者,他常和河流、湖泊、洞穴、雪山、森林、草原、火山、沙漠和海洋等打交道,因而他写的内容多与丰富多彩的大自然有关。主要作品有科幻小说《北方的云》、科学童话《小哈桑和黄风怪》、科学诗《大海》等。

《大海是什么颜色》是一首脍炙人口的科学诗。诗人从人们习以为常的"大海是蓝的"认识出发,独具匠心地以"求异思维"来构架全诗,以"蓝""黄""绿""白""红""黑"来描绘在不同情境下的大海的颜色,最后又回到"蓝"色,形象地告诉读者这样的事实:由于地质地貌的不同,许多地方的海水却并不是蓝色的,大大扩展了读者关于海洋地理方面的知识面。

诗意的推进也很有特色,诗人以"啊!不"句作为衔接上下文同时引出转折的过渡句,不仅使诗的层次十分明晰,过渡自然,而且这种富有节奏感的间隔反复,又使全诗具有抒情诗感情充沛的特征和朗诵诗音调铿锵朗朗上口的长处,艺术性、知识性与可读性三者做到了较好的统一。

【中国】柯岩

帽子的秘密

我的哥哥可不是个普通的人,
他是一个三年级学生。
他一连考了那么些个五分,
妈妈送他一顶帽子当奖品。

这顶帽子的颜色可真蓝,
漆黑的帽檐亮闪闪,
别说把它戴在头上,
就是看看心里也喜欢。

可是这顶帽子有点奇怪,
它的帽檐老是掉下来,
妈妈把它缝了又缝,
不知道为什么它总是坏。

妈妈叫我跟哥哥一块儿,
好看看帽檐怎么会掉下来,
可是哥哥只要一见我,
马上就把我赶开。

今天我偷偷地到了他的学校,
这事儿一下子就弄明白:

他们七八个三年级学生,
一出校门就把帽檐扯下来。

他们在空地上来回地跑,
又喊"靠岸"又喊"抛锚"……
哥哥拿着个望远镜——木头的,
四面八方到处瞧。

我还没决定躲不躲,
望远镜已经瞄准了我:
忽然背后一声喊,
我叫人抓住怎么也挣不脱。

两个水兵向哥哥敬礼,
报告抓到了什么"奸细"。
哥哥看也不看我一眼,
就下令把我枪毙。

我生气地说:"我不是什么奸细,
我是你的弟弟!"
可是哥哥皱着眉说:
"是奸细就不是弟弟!"

这么欺负人还能行?
我就又踢又打吵个不停。
两个水兵只好安慰我,

说枪毙是假的,一点不疼。

我说:"反正我不能叫你们枪毙,
不管它疼还是不疼,
我长大了要当解放军。
随便说我是奸细就不成!"

水兵们都哈哈大笑,
哥哥也只得把命令取消。
大伙说:"这可不是个胆小鬼,
欢迎他参加我们'海军部队'。"

晚上我回家见了妈妈,
我向她谈了船舱又谈甲板,
我告诉她什么叫做舰队,
还说天下最勇敢的就是海员。

至于哥哥的帽子嘛……
我说:"这是秘密您最好别管。"
妈妈摸着我的头笑了:
"那好吧,亲爱的海员!"

我奇怪妈妈怎么知道,
她说:"这也是个秘密。"
她说她还有几句话,
托我给所有的小水兵捎去:

"真正的海员坚强英勇,
热爱祖国热爱劳动,
你们能不能学习英雄,
不看帽子要看行动!"

导读

柯岩(1929—2011),原名冯恺,我国当代著名儿童文学作家,诗人。1955年,以《儿童诗三首》进入儿童诗坛。代表作有儿童诗集《小兵的故事》、题画诗集《春天的消息》等。

《帽子的秘密》选自1980年在第二次全国少儿文艺创作评奖中获一等奖的诗集《小兵的故事》。《小兵的故事》是由《帽子的秘密》《两个"将军"》《"军医"和"护士"》三首相对独立的单篇组成的一组儿童诗,其题材是从儿童游戏中提炼出来的,但又不拘泥于生活的本来面貌,通过新鲜有趣的构思,生动活泼的想象,曲折动人的情节,反映了有意义的主题。如《帽子的秘密》写的就是儿童想当海军、学做海军的故事。全诗以"帽子"为线索,写弟弟为妈妈去侦察"帽子的秘密",以及发现了秘密又反过来对妈妈保守秘密,充满令人激动的儿童情趣。其中扮演海军军官的哥哥下令枪毙被抓住的"俘虏"弟弟特别有趣,尤其是哥哥弟弟对"奸细"的强烈反应,很好地表现了那个时代的儿童倔强、勇敢、胸怀大志、敌我分明的可贵品质。诗人不仅熟悉孩子们的生活,而且熟悉他们的心理,整首诗读来意趣横生,亲切自然,又很适合儿童朗诵表演。

【中国】樊发稼

夏令营小记

翠　　湖

我们来到
绿树掩映的翠湖边

一条不知名的
银色的鱼儿
蓦地跃出水面
旋又潜入
粼粼清波中

翠湖快活地笑了
——那酒窝儿
一圈,一圈
很亮,很圆

晨　　曲

清晨
林子里的空气
香喷喷
甜丝丝儿的

朝阳

从树叶的隙缝间
射下无数根
灿烂的光弦

那小鸟
莫非是弦上飞出的
彩色的音符

啊
多么宁静
而又华丽的
晨的交响乐

野 菊 花

白天，
我从山上
采回一朵野菊花

灯光下，
它显得这样憔悴。
哦，它一定是
舍不得离开
大山妈妈……

——嗳，
我真后悔。

导读

樊发稼（1937— ），上海人。我国当代著名儿童文学作家、诗人、评论家。代表作有儿童诗集《小娃娃的歌》《花儿的诗》《彩色的季节》《春雨的悄悄话》等。《夏令营小记》选自《春雨的悄悄话》，由《翠湖》《晨曲》《野菊花》三部分组成，是一首童趣盎然的优美之作。

诗人曾为《夏令营小记》这首诗写了这样的题记："大自然是一首读不尽的、永恒的诗。能够感知、发现并充分领略大自然的美的人，他的心灵也必定是美的。"这非常有助于读者来解读他的这首《夏令营小记》。读者在看到这首诗的题目时，一般都会想到这首诗写的是夏令营中紧张而又活泼的富有刺激性的新生活，然而，诗人不落俗套，他只摄取夏令营活动中的三个富有诗情画意的小片断，将审美的眼光不是投向人的活动，而是贯注于大自然的小生灵，将大自然的美传达给读者。如果说"翠湖"中借鱼儿起落而漾起"粼粼清波"与"晨曲"中声与光交织而形成的音响律动，是着意渲染了一种意境美，那么在"野菊花"里，诗人选取一朵野生菊花的境遇来表达的则是一种浓浓的人情美。诗人特别善于写景抒情，在他的笔下，自然界的一点律动、一丝光影、一个小生命，都蕴满着诗味，诗人是用他的心灵为读者创造了一个充满爱心与美好情感的天地。

【中国】鲁兵

不知道和小问号

有个小朋友,
名叫不知道。
一天大清早,
碰见小问号。

小问号问这又问那,
不知道都说:"不知道!"
问他一百个"为什么",
他说一百个"不知道"。

小问号,
好心焦:
"你是怎么啦,
尽说不知道?"

不知道,
笑了笑:
"我的名字嘛,
就叫不知道。"

小问号,
皱眉毛:

"你呀,啥也不知道,
这可怎么好?"

不知道,
把头摇:
"你问这可怎么好?
我也不知道。"

小问号,
跳一跳,
跳进**不知道**的小书包,
跟着它到处跑。
跟着它上学校。

小问号,
一看见**不知道**把头摇,
就知道
不知道要说:"不知道!"
连忙伸出小脑袋,
问这问那问个没完没了。
不知道越听越有味,
把人家的问答统统记牢。
不知道和小问号
做了朋友很要好。
以后怎么啦?
不知道改名叫都知道。

鲁兵(1924—2006),原名严光化,浙江金华人。我国当代儿童文学作家,《365夜故事》的主编。1946年开始发表作品,主要作品有童话集《桥的故事》、诗集《不知道和小问号》。鲁兵的作品幽默、诙谐,充满浓郁的儿童情趣。以这首《不知道和小问号》为例,饶有趣味地将"小问号"拟人化,通过"不知道"改名叫"都知道"的变迁过程,让小读者在愉快的阅读中,不知不觉地明白了"多问、多听、多记"就能由不知到知、由知之甚少到知之较多的学习道理。全诗像一则饶有风趣的绕口令,朗朗上口,妙趣横生。

【中国】任溶溶

爸爸的老师

谁不知道我的爸爸,
　他是大数学家,
再难的题也能解答,
　嗨,他的学问真大。

我这有学问的爸爸,
　今天
　　　一副严肃的样子
他有什么要紧事情?
　原来去看老师!

我的爸爸还有老师?
　你说多么新鲜,
这老师是怎么个人,
　我倒真想见见。

我一个劲求我爸爸,
带我去看看他。

我的爸爸眼睛一眨,
　对我说道:"唔,好吧!"

可是爸爸临走以前，
　　把我反复叮咛，
要我注意这个那个，
　　当然，我什么都答应。

我一路想这位老师，
　　该是怎么个人。
他一定是胡子很长，
　　满肚子学问。

他当然是比爸爸强，
　　是位老数学家。
他要不是老数学家，
　　怎能教我爸爸？

可是结果你倒猜猜：
　　爸爸给谁鞠躬？
就算你猜三天三夜，
　　一准没法猜中。

鞠躬的人如果是我，
　　那还不算稀奇，
因为爸爸这位老师，
　　就是我的老师！

不过我念三年级了，

她呢,
还在教一年级。
她是我爸爸的老师,
你说多有意思!

这位老师看着爸爸,
　就像看个娃娃:
"你这些年在数学上,
　成绩确实很大……"
你想爸爸怎么回答:
"我得感谢老师,
是老师您教会了我,
　懂得二二得四……"

我才知道我的爸爸,
　虽然学问很大,
却有一年级的老师,
　曾经教导过他。

导读

　　任溶溶(1923—　),原名任根鎏,又名任以奇,广东鹤山人。我国著名儿童文学家、翻译家。自1945年起,他孜孜不倦地翻译外国儿童文学作品,把英、俄、意、日等国的儿童文学名著介绍给了我国少年儿童,为我国儿童文学的发展做出了卓越的贡献。从20世纪50年代末起,他也陆续创作了儿童小说、童话和童诗,主要作品有童话《没头

脑和不高兴》,诗作有《小孩子懂大事情》《给巨人的诗》《你说我爸爸是干什么的》。

　　《爸爸的老师》是任溶溶的代表作之一。写尊师爱师是孩子们熟识而又十分有意义的题材,但诗人独辟蹊径,以一个孩子的口气写他爸爸的尊师之情。而十分有趣的是,已是大数学家的爸爸的这位老师也"就是我的老师",也就在这艺术的巧合里,诗人展示的不仅仅是给孩子以榜样的浓浓尊师情,更是告诉孩子这样一个深刻的道理:不管是谁,他的学问再大,成就再高,也总有当年的启蒙老师,"曾经教导过他"。诗中准确而富有层次地展现了"我"从对"爸爸的老师"的好奇、揣测到见面后的惊讶以及领悟,将整个心理变化的过程写得自然而真切。诗的节奏很明快,每节换韵更增添了全诗的活泼感,可诵性很强。

【中国】蒋风

小　　鸟（外一首）

轻轻叫，

轻轻敲，

谁在窗外把我叫？

来啦！

来啦！

打开门儿到处找。

谁在叫？

谁在敲？

原来窗外小鸟催我上学校。

清　　晨

清晨，我从一个很美很美的梦中醒来。

仿佛听见嘀嗒嘀嗒的喇叭声……

啊！窗外的牵牛花开啦！

它在催我赶快上学去啦！

导读

蒋风（1925—　），浙江金华人。我国著名儿童文学理论家、教育家。国际格林奖评委，全国师范院校儿童文学研究会名誉会长，中国作协会员，金华市作协名誉主席。曾任浙江师范学院、杭州大学、浙江师范大学讲师、副教授、教授，浙江师范大学校长。退休后创办中国儿童文学研究中心,招收非学历儿童文学主业研究生,编辑出版《儿童文学信息》报。主要著有《中国儿童文学讲话》《儿童文学概论》《蒋风儿童文学论文选》《中国儿童文学发展史》等,主办《中国儿童文学大系》《世界儿童文学事典》《玩具论》《中国儿童文学教程》《外国儿童文学教程》等50余部作品。曾获得国家图书奖、中国图书奖、中华优秀出版物奖、冰心优秀儿童图书奖、宋庆龄儿童文学特殊贡献奖,全国关心下一代先进工作者、第二届世界儿童文学大会儿童文学理论贡献奖。2011年荣获第十三届国际格林奖,成为获得此殊荣的第一个中国人。

  蒋风在从事儿童文学教学研究的同时,还创作了大量儿童诗和儿童散文。儿童诗《小鸟》发表于1993年第3期《看图说话》,后收入《中国儿童文学大系》"诗歌卷(3)"。儿童诗《清晨》由香港教育出版社选入小学语文教材《今日中国语文》。两首诗都是"上学诗",却各有特色。前者是拟声,窗外小鸟的叫声表明已经天亮了,该上学了;后者是拟形,牵牛花的形状就像喇叭吹响了上学的出发号。作者选取孩子们熟悉的身边事物,巧妙构思,和孩子们上学生活联系起来,将写景与劝学自然结合,具有很强的情景感和现场感,语言凝练,朗朗上口,清新优美,想象丰富,极富童趣。

【中国】韦苇

大 惊 喜(外一首)

蘑菇们在地下，
一定开过会，
共同商量好：
等到星期六，
或是星期天，
那个嘴边凹着酒窝的小姑娘
一走进林子来，
咱们一、二、三
就一起冲出地面去，
白生生的一片，
白生生的一片，
呵，
白生生的一片，
给她大大的一个大惊喜！

咕,呱

呱—呱，你躲哪儿啊？
咕—咕，我藏这儿呐！
这儿是哪儿？
哪儿在这儿！
这儿是哪儿？
这儿在这儿！

咕！

呱！

咕！

呱！

韦苇（1934— ），原名韦光洪，浙江东阳人。1958年毕业于上海外国语大学翻译专业。浙江师范大学教授、世界儿童文学研究专家、童话研究专家，诗人、评论家，获得（台湾）杨唤儿童文学特殊贡献奖。享受国务院特殊贡献津贴。主要著作有《世界儿童文学史概述》《外国儿童文学发展史》《西方儿童文学史》《世界童话史》《俄罗斯儿童文学论谭》《外国童话史》《韦苇与儿童文学》，以及儿童诗集《听梦》《藏梦》、散文随笔集《萦绕在美丽中》等。主编《世界经典童话全集》（20卷）、《知识童话365》《点亮心灯——儿童文学精典伴读》等作品。

韦苇早在20世纪50年代初，就以劳动歌谣创作成名，如诗句"锄头生锈不入泥，耕牛不壮难犁地……"20世纪70年代末，当中国人开始讲"春天的故事"的时候，韦苇诗情复萌，代表作《我倔强地摇响我的驼铃》广为传诵："我是一峰骆驼。/荒沙和漠风/教会我倔强。/而我终于是倔强的，/我倔强地摇响我的驼铃。 古老的中国土地上留下了/一窝一窝的我的脚印；今天横风来把我的脚窝抹去，/但我会证明风是徒劳的，/明天请再来看我的足迹，/我的足迹又嵌上了/我茫茫的前程。"这样的诗因励志、鼓劲，在当时获得好评。20世纪80年代初，韦苇由云南师范大学调到浙江师范大学给研究生讲授世界儿童文学课程，"以一木支大厦"（陈伯吹评语）的勇气和胆魄，为国人开启了一扇风光旖旎的国际儿童文学之窗，他的《世界儿童文学史概述》《世界童话史》等 10 多部专著,奠定了他在世界儿童文学教学、研究中的重要地位。在教学研究之余,韦苇创作并翻译了大量儿童诗,代表作有《大雁飞来》(秋风/在我们抬头仰望的时候,/铺开一片/湛蓝湛蓝的纸。/大雁飞来/在上头/写一首/长翅膀的诗)。诗人独到的诗意捕捉和表达方式,将读者带进了富于生机和活力的大自然,境界开阔,意象纯美。

韦苇对俄罗斯大自然文学有着精深的研究,并多次呼吁中国也应该有自己的大自然文学。他自己身体力行,写下了很多书写大自然的儿童诗,如《有雨》《我喜欢鸟》《我们和鱼儿》《大惊喜》《如果我是一只蝴蝶》《青蛙的童话》《咕,呱》等,这类创作的最大成功就是敢于标新立异,在平常的题材里写出新境界。如《大惊喜》的采蘑菇题材,已经被写了千百遍,他却出其不意地写出了自己的诗情画意,蘑菇和小姑娘的感情美折射出人与自然的和谐美。《咕,呱》一诗更是童趣十足。青蛙"咕"和青蛙"呱"两个捉迷藏,"呱"机灵地藏到荷叶下,"咕"怎么也找不着"呱",于是有了"两位小孩"的对话,写活了孩子,也写活了游戏,童趣盎然。韦苇的儿童诗,自然清新,动感十足,注意营造意境,有一种美学气象,在中国儿童诗创作中别具一格。

【中国】金逸铭

字典公公家里的争吵

字典公公家里吵吵闹闹。
吵个不停的原来是标点符号。

看,它们的眼睛瞪得多大,
听,它们的嗓门提得多高。
感叹号拄着拐杖,小问号竖起耳朵,
调皮的小逗号急得蹦蹦跳。

首先发言的是感叹号,
它的嗓门就像铜鼓敲:
"伙伴们,我的感情最强烈,
文章里谁也没有我重要!"

感叹号的话招来一阵嘲笑,
顶不服气的是小问号:
"哼,要是没有我来发问,
怎么能引起读者的思考?"

小逗号说话头头是道,
它和顿号一起反驳小问号:
"要是我们不把句子点开,
文章就会像一根长长的面条!"

水平高的要数句号,
它总爱留在后面作总结报告:
"只有我才是文章的主角,
没有我,话就说得没完没了。"

字典公公把意见发表:
"孩子们,你们都很重要,
少一个我们的文章就没有这样美妙。

滴水汇成了大江,
泥沙堆成了海岛,
大家不要把个人作用片面强调,
任何时候都不要骄傲!"

小朋友,你听了字典公公家里的争吵,
心里想的啥,能否让我知道?

导读

金逸铭(1955—),上海少年儿童出版社编辑,代表作有诗歌《字典公公家里的争吵》等。字典是小学生必备的工具书,诗人有着化平凡为神奇的能力,以大胆而合理的幻想,让"标点符号"一个个粉墨登场,创作出了令人耳目一新的童话诗。诗人以拟人化的手法,赋予每一种标点符号独特的性格,而这性格又是与其各自的功能甚至书写外形密切相关,通过每一种标点符号的自我表功,风趣幽默地向小读者传达了知识。读这首诗时,人们很容易联想到相声名段《五官

争功》,两者有异曲同工之妙。其实诗人不仅仅是要告诉读者每种标点符号的功能,更重要的是让读者从中明白:标点符号们只有联合起来,才能发挥各自的作用,写成一篇优美的文章。正像诗人最后在诗中告诫读者的:"大家不要把个人作用片面强调,任何时候都不要骄傲!"

【中国】金波

风景家园（组诗）

撑伞的日子

撑伞的日子

便举起了另一片天空

头上跳响着雨的叮咛

辽远又亲近

撑伞的日子

便铺起了另一片土地

脚下的小草仰起了头

睁着亮眼睛

撑伞的日子

每一滴雨都是音乐

我变成小小的音符

融进雨的世界

蝶影依稀

当微风轻悄地走过

花在诉说

叶在诉说

欢送远去的蝴蝶

从此,无论何时

蝶影依稀

云影依稀

长存在春的记忆里

许多平凡的家

都有一方平凡的小园

款款的蝶影带来了

一个个崭新的春天

鸟　　巢

鸟巢,是大树的

另一种风景

鸟巢,是大树的

另一种生命

没有鸟巢的大树

日子很寂寞很冷清

叶子和叶子对语

根和泥土默默倾听

大树有了鸟巢

就像大树开了一朵花

鸟巢里,白天升起太阳

夜晚升起月亮

雏鸟和星星说话

鸟巢让沉默的大树快乐

鸟巢让大树的生命鲜活

金波(1935—),原名王金波,河北冀县人。我国当代著名儿童诗人。主要作品有诗集《回声》《会飞的花朵》《林中的鸟声》《金波儿童诗选》《林中月夜》等。1992年被推荐为国际安徒生奖候选人。

《风景家园》(组诗)是作者的力作,发表于1997年6月的《儿童文学》。原由《撑伞的日子》《蝶影依稀》《芦花渐白》《夕阳浮沉》和《鸟巢》五首小诗组成,这里只选录其中三首。"撑伞的日子"是每个人都有的经历,一般人只是把自己紧紧地罩在伞下,与外面隔绝开来,是一种封闭的心态。而诗人别具慧眼,他不仅发现了雨天的美,还放飞了自己的心灵——听着伞上"雨的叮咛",注视着脚下"仰起了头"的小草"睁着亮眼睛",诗人自己已"变成小小的音符","融进雨的世界"里了。《蝶影依稀》写的是一段"春的记忆",一种美好的恋情。春去夏来、万物更替是大自然的自然规律,诗人却从这平凡的季节变化里体味出淡淡的离愁和深深的眷恋。依稀的蝶影是一种记忆、一种思念,也是一种希冀。蝴蝶这春天的使者,长存在诗人的心灵里。《鸟巢》抒写了大树与鸟巢的一种特殊的生存关系,想象奇妙清新,有童话的神韵与哲理的意味。总之,读者从这三首小诗中可以体味出作者对大自然与生命无尽的爱意。诗人独特的人生感悟融进诗化的大自然风景中,读者也被深深地感染着,仿佛回到了心灵的家园,情绪上有一种莫名的兴奋、默契与满足。

【中国】关登瀛

我把那只蓝蜻蜓放了

妈妈,我把那只蓝蜻蜓放了,
是我听到你的脚步声后放的,
它一定也想它的妈妈了,
要不,怎么会一下子蹿进蓝天里!

妈妈,你把我一个人留在家里,
我是多么寂寞,
我多么想有个小伙伴,
陪我一起做游戏。

一行大雁从蓝天里飞过,
留给我一行透明的诗句;
两只黄鹂在柳枝上鸣啼,
给我送来动听的歌曲;
一只蓝蜻蜓在篱笆上歇息,
我轻轻捏住它的双翼。
我用细线拴住它的腿,
和它嬉戏在院子里。
它给我这么多快乐,
使我把一切全忘记。

妈妈,我把那只蓝蜻蜓放了,

是你给我带来爱和欢乐以后放的，
妈妈，我从蓝蜻蜓身上得到的，
正是它身上失去的。
它也有亲爱的妈妈呀，
它也有温暖的家呀，
万一它也是个年轻的妈妈，
它也一定会把爱和欢乐，
带给它家的小娃娃。
说不定，它还要
捉几只小虫子带回家。

妈妈，我把那只蓝蜻蜓放了，
它一定回到了自己的家，
如果它的腿上留下了伤，
唉，那是我把痛苦带给了它。

导读

关登瀛(1938—)，河北翼县人，当代著名儿童诗人，中国作协儿童文学委员会委员。1961年开始发表作品，主要诗集有《农村孩子的歌》《春天的魔术师》等，另有长篇小说《西部流浪记》。

对于自己的童诗创作，关登瀛曾自述过："我的很多儿童诗，具有农村孩子的特点，那是因为我生在农村，在农村度过了少年时期，然后到北京求学的。"《我把那只蓝蜻蜓放了》虽然没有直接写农村孩子，但诗中的柳枝、篱笆、"我"轻轻捏住蜻蜓的双翼，"再用细线拴住它的腿，和它嬉戏在院子里"，这些情景与动作，都是农村孩子的生活所特有的。诗人或许是从自己童年记忆的宝库里,将一段触动灵魂的往事抒写出来,我们透过诗行,看到了那个不无寂寞的孩子捕捉蜻蜓时的轻巧与老练,捕得蜻蜓后的喜悦与忧伤,以及放飞蜻蜓后的自责与忏悔。孩子情绪的变化不仅折射出他丰富、善良的内心世界,而且传达出了孩子对动物及大自然的爱心,更难得的是,他能够从自己对妈妈的感情联想到被捉的蜻蜓,并且"忍痛割爱",放飞蜻蜓,其情其景,感人至深。诗人巧妙地运用欲扬先抑、前后呼应的艺术手法,既突出了诗人所要表达的情思,又大大增强了诗的感染力。

【中国】高洪波

一首诗的诞生

一条鱼
游动在水中

一朵云
飘浮在空中

一头虎
徜徉在山岭

一穗麦
生长在田野

一首诗
正是这样诞生着

导读

高洪波(1951—),内蒙古人。著名儿童文学作家、诗人、散文家。中国作家协会副主席、中国作协儿童文学委员会主任。儿童诗作品主要有《大象法官》《鹅鹅鹅》《吃石头的鳄鱼》《喊泉的秘密》《我喜欢你,狐狸》《种葡萄的狐狸》《少女和泡泡糖》《飞龙与神鸽》《鸽子树的传说》等。儿童文学评论集有《鹅背驮着的童话——中外儿童文学管窥》《青春在眼童心热》《儿童文学作家论稿》等。作品多次获奖,如获得全国优秀儿童文学奖、"五个一工程"图书奖、国家图书奖及冰心儿童文学奖、陈伯吹儿童文学奖、庄重文文学奖等。

《一首诗的诞生》是一首特别的诗,不仅结构巧妙,而且妙在不言中,有哲理思考。很多人都有这样的疑问,诗是怎样写出来的,也看到很多指导如何写诗的辅导。诗人给出的答案,别出心裁,又无比准确。写诗不是苦思冥想,不是闭门造车,而是自然的情感流露,此所谓中国传统文艺理论所说的,在心为志,发言为诗。诗句就像水中游动的鱼、空中漂浮的云、徜徉山岭的虎、长在田野的麦穗,就那样自然生长,水到渠成,来不得半点作假,绝不能装腔作势。这给想写诗、初写诗的孩子忠告,写诗没有捷径,生活是创作的源泉,有了足够的生活,就自然会有诗心诗句。这首诗两句一节,非常简单,像作者在喃喃自语,漫不经心地说着鱼、云、虎、麦的自然现象,最后两句点题,场景瞬间升华到意境,简洁数句,阐明了一个深刻的道理:创作来自生活、来自情不自禁。

【中国】徐鲁

儿童诗四首

无 根 植 物

有花、有茎、也有叶

却一生都在水上

漂泊……

妈妈告诉我

这是一种

无根植物

永远是这个世界上的

匆匆过客

走在晚秋的田野上

走在晚秋的田野上

我听见无数的风信子

发出嘿嘿嘿的笑声

而一切成熟了的农作物

却都深深地低垂着头

对着世界沉默不语

别碰我们的绿树

你用斧头和锯子砍倒的

不是一棵棵未成熟的树木

你是在砍伐全人类的肺叶

和这个地球上生物的幸福

你是在砍伐

世界上所有孩子的梦

和风雨中小鸟的房屋……

投 邮

谁能够将我

这浪迹已久的异乡人

也背贴邮票

胸前写明

山东·烟台·乡下爷爷收

然后投入

这城市绿色的邮筒中呢？

徐鲁(1962—)，山东即墨县人，湖北省作家协会副主席，儿童文学作家。1982年开始儿童文学创作，诗作曾多次获奖，主要作品有诗集《我们这个年纪的梦》《世界很小又很大》等。《儿童诗四首》是徐鲁创作于1995年的佳作，曾获得陈伯吹儿童文学奖。《无根植物》在简约优美的语言表层后蕴含着深刻的哲理：要想不成为"这个世界上的匆匆过客"，就要脚踏实地地为人处世。《走在晚秋的田野上》将"发出嘿嘿嘿的笑声"的风信子与深深低垂着头的结满果实的农作物相对比，让人体会到沉默的力量，体会到成熟谦逊的美德的伟大魅力。《别碰我们的绿树》是一首环保题材的小诗，想象新奇，譬喻独特，诗人指责那些破坏森林的行为是在砍伐"世界上所有孩子的梦和风雨中小鸟的房屋……"流露出他对自然环境质朴的爱,从而传达给孩子们保护环境的意识,更包含有对孩子梦想的由衷护卫。《投邮》中那种思乡的挚切、漂泊的疲惫,不仅孩子们能真真切切地体会到,连大人们也会为之动心、动容。质朴清浅的文字,比喻奇妙却符合儿童的思维特点,小诗流溢着温暖、亲切和忧伤的情怀。徐鲁的诗,在那些简约清浅然而意蕴深厚的诗句里,透露出一种孩子和成人都能领悟的美好的人生意境。而文字上的惜墨如金,也给人留下了深刻的印象。每首小诗不过短短的六七行,却形神兼备、去尽冗枝繁叶,达到了少一个字都不行的地步。甚至标点,他也十分吝啬,几乎摒弃不用,除了省略号与问号,而它们本身已水乳交融,成为精妙文字的一部分,准确而生动地传达了诗人的情思。

【中国】刘倩倩

你别问这是为什么

妈妈给我两块蛋糕，
我悄悄地留下了一个。
你别问，这是为了什么？

爸爸给我穿上棉衣，
我一定不把它弄破。
你别问，这是为了什么？

哥哥给我一盒歌片，
我留下最美丽的一页。
你别问，这是为了什么？

晚上，我把它们放在床头边，
让梦儿赶快飞出我的被窝。
你别问，这是为了什么？

我要把蛋糕送给她吃。
把棉衣送给她挡风雪，
在一块唱那最美丽的歌。

你想知道她是谁吗？
请去问一问安徒生爷爷，
她就是卖火柴的那位小姐姐。

导读

刘倩倩(1970—),湖北鄂城县人。1980年,由联合国教科文组织发起主办了一次世界儿童诗歌比赛,规定主题是歌颂团结。我国儿童应征诗歌近9万首。尔后,国际评委会从57个国家参加的近百万儿童诗歌中,选出20首最佳作品,刘倩倩的这首《你别问这是为什么》就是其中之一,当时的刘倩倩只有10岁,是鄂城县城关东方红小学的三年级学生。

为什么这首儿童诗能在众多参赛作品中脱颖而出呢?首先是该诗所言之"志"切合征文的要求,诗中的抒情主人公通过日常生活中的几个细节所表达的是对贫苦儿童的纯真爱心以及倾力相助的强烈愿望。其次是浓郁的儿童情趣。诗中"我"的所思所想都是儿童所特有的,尤其是"我"将安徒生童话中的"卖火柴的小姐姐"当作现实世界上实有的人物,不仅符合儿童思维特征,而且寓意深刻。它提醒那些过着幸福生活的孩子们,世界上还有"卖火柴的小女孩",他们正需要关心与帮助,从而让孩子们更珍惜自己的美好生活。再次是诗的文字浅显又富有表现力,尤其是巧妙地多次重复"你别问,这是为什么"的诗句,既委婉地设置了悬念,层层推进,又将全诗严谨地组织起来,强化了艺术的感染力。

从这首获奖的儿童诗中,儿童读者还可以得到鼓舞与启示,明白儿童也能写出优秀的儿童诗。

【中国】何紫

我的儿歌

一

不要摘花!
不要摘花!
花有叶,
花有根,
叶是花的伴儿,
根是花的家。
把你的玩伴分开,
把你的家庭拆散,
你怎么办?
你怎么办?

二

小木偶,
小木偶,
我知道,
你的名字叫匹诺曹。
我知道,
你给豺狼骗了,
你给狐狸骗了,
差点儿变成了坏东西。
我知道,
你有个善良的心,

你有个慈爱的心。
仙子帮助你，
你改过自新，
最后你变成一个真孩子。

三

长长的裙子，
你是谁？
大大的帽子，
你是谁？
溜溜的辫子，
你是谁？
你是谁呀你是谁？
哈哈，
我猜着了，
你是圣诞老人的妹妹，
你把礼物送来了。

导读

何紫（1938—1991），原名何松柏，中国香港著名儿童文学家。广东顺德人，幼年从澳门到达香港。一生致力于儿童文学创作及出版工作。1981年创办儿童图书公司，1981年创办山边社，任社长兼总编辑，十年内为幼儿和学生出版600余种普及性课外读物，广受读者欢迎及好评。与此同时，1981年11月，何紫又与一群有志于儿童文艺工作的朋友创立"香港儿童文艺协会"，亲任会长。1986年又创办了以青少年为读者对象的月刊《阳光之家》，并担任主编。1988年又被推选为刚成立的"香港作家联谊会"副会长。1990年底因积劳成疾患上肝癌。在得知患癌症后的一年内，何紫更加发奋地工作，写了《国王的怪病》《我这样面对癌病》等十几本书。1991年11月，因医治无效，在香港辞世。

何紫一生著作颇丰，结集出版的有童话、故事、少年小说、儿童诗、散文小品等30余种。《我的儿歌》是他的诗歌代表作，由三节组成，主题是礼赞爱心，"不要摘花"表达的是要爱护大自然的一草一木；"小木偶"是肯定孩子都有一颗"善良的心""慈爱的心"，鼓励他们只要敢于"改过自新"，就能由后进变先进；"长长的裙子"可以想象是诗人与孩子的一次游戏，表达的是对孩子的挚爱与节日的祝福。三节内容巧妙地运用了反复、排比、设问等多种艺术手法，读来朗朗上口，旋律优美，是诗也是歌。何紫曾对如何界定什么样的作品才是儿童文学时，他提出了"儿童文学的八大要素"，即①优美抒情的文字；②融合着、弥漫着梦幻色彩的儿童世界；③注满了浓浓的爱心和丰富的感情；④要有高尚的情操和正直的思想作宗旨；⑤要满足孩子们心灵的需要，欢娱他们的精神；⑥触动孩子有限的生活经验，启发他们的心智；⑦要用纯正的文字，以他们可以接受的修辞来书写，用字的深浅，要按小读者的接受程度作严格限制；⑧尽量做到有美丽的图画配合。除第八条其实不是属于作品本身的条件外，其余七条可以说在这首《我的儿歌》里都有很具体的体现。

【中国】林焕彰

蝉

蝉的歌儿很好听，
可是要到夏天才唱；
它们喜欢赞美
金色的阳光。

蝉的歌儿很好听，
可是它们只爱在树上唱；
所以，一到了夏天，
树都变成了
会歌唱的伞。

导读

林焕彰(1939—)，闽籍台湾省人，著名儿童文学家。出版新诗、童话、故事、评论数十种，曾获台湾中山文艺奖、小百花奖等多种奖项，作品被译成近十种外文在海外出版。林焕彰在儿童诗的创作上取得突出成就，最著名的诗集有《童年的梦》《妹妹的红雨鞋》《林焕彰儿童诗选》等。他同时还热心于海峡两岸儿童文学交流的先驱者之一，为推进中国儿童文学及世界华文儿童文学的发展做出了杰出的贡献。

《蝉》这首小诗给人想象的空间很大。去年的蝉歌就在耳边，孩子们期待着夏天金色的阳光，那时"树都变成了会歌唱的伞"。一个"伞"字，匠心独运，写活了一种心态，一种情景。树上有蝉，招来孩子们的翘望，人越聚越多，树便像是给人避雨的"伞"了。诗之妙处，在于它不着一"童"字，一身影，写的是蝉，却仿佛让读者见到一张张引颈翘望的屏住呼吸的小脸，一双双搜寻的睁得溜溜圆的大眼，甚至可以想象有调皮的孩子想去偷偷取来捕蝉的网，又怕惊跑了蝉而招来同伴的责骂，于是也只能默然树下，听蝉的独唱。没有童心，没有技巧，是写不出这种境界的。这也体现了林焕彰儿童诗自然、纯朴、童趣的特征。

【日本】金木美玲

花 的 名 字

书本里,有许多,
花的名字,
可是那些花我不认识。

在街上,只看见,人、车,
在海上,尽是些,船、浪。
所以海港总是很寂寞。

花店的篮子里,一年四季
都能看到美丽的花,
可是它们的名字我不知道。

问妈妈,妈妈也住在城里,
那些花她也不认识。
所以我总是很寂寞。

躺下来,就会闭上眼睛的洋娃娃,
还有书、皮球,我都可以扔下,
现在,就现在,我要去那里。

如果可以,在广阔的乡野里奔跑,
认得各种各样花的名字,

和它们全部都成为好朋友的话。

（吴菲译）

　　金子美玲（1903—1930），日本童谣诗人。在短暂的生命里，创作了512首童谣，被誉为"童谣诗人的巨星"。去世后，一度被诗人遗忘，直到20世纪80年代出版《金子美玲童谣全集》，再次成为日本家喻户晓的诗人，尤其是童谣中可贵的自然意识、环保意识、生命意识和平等意识，受到欢迎和关注，多首代表作入选日本中小学国语课本。中文译本有《向着明亮那方》（2009）、《星星和蒲公英》（2012）等。

　　《花的名字》以城市孩子的眼睛写花店里有许多他不知道名字的花的寂寞，因为这些花店里的花都远离了它生长的故乡，摆放在花店里出售，就像孩子虽然满眼是花，却不知道花的名字，花和孩子没有了生命的联系，所以孩子的内心和花店的花一样"总是很寂寞"。最后写孩子幻想可以代替花儿，"在广阔的乡野里奔跑"，和开放在乡野里的花相识，"成为好朋友"。从花的寂寞写到孩子的寂寞，实质是写了人远离自然的孤独，写城市与乡村的隔膜，发出了回归大自然的心灵呼唤。

【日本】土井晚翠

星星和花

一双可爱的姐妹,
大自然——
母亲把她们养大。
天上的花叫星星,
地上的星星叫花。

彼此虽隔天涯,
却有着同样的色香。
星星的亮光,花儿的笑,
交映在中宵的良辰。

当东方露出鱼肚白,
当天上的花终于凋零,
看哪,一滴滴晶亮的白露,
人间的星星泪珠儿盈盈。

(武继平　沈治鸣译)

土井晚翠(1871—1952),日本著名诗人、翻译家,仙台人,毕业于东京大学英文系,曾在东北大学任教,并从事诗歌创作和翻译,曾于1925年获日本文化勋章。主要诗集有《大地有情》《东海游子吟》《曙光》,长诗《万里长城之歌》等。土井晚翠的创作以阳刚之美饮誉日本

诗坛,他的诗作风格严谨,刻意求精,特别讲究炼字炼句。

《星星和花》是一首意境优美的幻想诗。诗人以自己深情幻想的心灵,将天上的星星与地上的花儿联系起来,称她们为大自然母亲孕育的"一双可爱的姐妹",诗的空间非常辽阔。而在"中宵的良辰"里,星星和花儿的相互"交映",仿佛是在互道珍重、互祝幸福。天地间的情感交流,实是诗人自我心灵的情感写真。读这首《星星和花》,让人联想到我国大诗人郭沫若的一首同类型的诗作《天上的街市》,我们只看那诗的第一节就十分清楚了:"远远的街灯明了,/好像闪着无数的明星。/天上的明星现了,/好像点着无数的街灯。"将地上的街灯与天上的明星相映衬,这和土井晚翠笔下的"星星"与"花"一样,给读者在美的想象里获得美的陶冶。

【日本】河井醉茗

交 让 木

孩子们啊！
这是最可尊敬的交让木，
在这交让木上，
只要有新叶开放，
旧叶就自动凋落。

尽管叶片这样厚实，
尽管叶片这样宽硕，
待到新叶长将出来，
它却甘心把生命交割。

孩子们啊！
尽管你们无所贪欲，
而一切终将交给你们。
只要有太阳的光芒，
这种交让就永远无止境。

那光辉灿烂的城市，
要和盘由你们来承受；
那读之不尽的书物，
也要全都交到你们的手。
幸福的孩子们啊！

尽管你们的手还很小很小……

普天下的父亲、母亲,
他们何尝会把什么带走,
为了把更多的交给你们,
在创造生物、财物、美物,
日以继夜,无止无休。

虽然你们今天还没有觉察,
但生命却在自行地延续。
在你们如百灵般歌唱、
如鲜花般微笑中,
自会渐渐领悟。

由是,孩子们啊!
时光正在等待你们
再次来到交让木下,
看新叶吐芳,旧叶归根。

(罗兴典译)

河井醉茗(1874—1965),日本浪漫主义诗人。他的诗感情纯朴,语言平易,意境清新。主要诗集有《无弦弓》《塔影》《紫罗兰》等。

《交让木》是作者的一首代表作。诗人巧妙地选取交让木这一富有象征意义的植物来抒情言志,借交让木新旧叶片的"生命交割"来比喻人类上一代与下一代之间的"生命传承",形象、生动、贴切而富启发意义。在歌唱老一辈创造、奉献与牺牲精神的同时,将无私的爱与无限的希望寄托在未来一代的身上。孩子是人类的未来,明天的希望,不管他们有没有"觉察"到这一点,"但生命却在自行地延续","一切都将交给你们",并且"只要有太阳的光芒,/这种交让就永远无止境"。还没有意识到自己的位置与使命的孩子们,读了这首诗后,就会明白"时光正在等待你们",要努力呀,孩子们!

【越南】胡光阁

请 进 来

笃,笃,笃。
"谁敲门呀?"
"是我,小白兔。"
"你要真是小白兔,
就让我们看看你的耳朵。"

笃,笃,笃。
"谁敲门呀?"
"是我,小鹿。"
"真是小鹿吗,
让我们看看你头上的角。"

笃,笃,笃。
"谁敲门呀?"
"是我,花鸦。"
"你要真是花鸦,
让我们看看你的脚丫。"

笃,笃,笃。
"谁敲门呀?"
"是我,我是风。"
"你果真是风,

就请进来吧，

你自个儿从门缝往里钻。"

(韦苇译)

　　胡光阁,越南诗人。他的儿童诗尤为评论界称道,饶有民歌风味和童话意境。《请进来》这首饶有情趣的以"门"内外两个世界的对话,不仅介绍了以动物的某些特征来识别动物的方法,而且给读者以深深的回味。为什么要有这扇门呢？"门"存在于生活中,有它深厚的文化内蕴,这里不可能也没有必要来展开它。然而,就诗论诗,这里的"门"却是一种防御与保护,它将一切邪恶拒之门外,只将美好的东西放进来。大千世界里,有真善美但也有假恶丑,人们不能不小心谨慎,对看得见的邪恶的事情要提高警惕,对那些看不见的精神的鸦片呢？我们每个人都有一扇保护自己的"精神之门"吗？诗人娴熟地运用重复的艺术手法,使得这一主题明确而深入人心,并能给小读者们以启示和教益。

【泰国】诗琳通

小草的歌

像稻苗一样碧绿,

小草,

你是那样柔嫩又美丽。

当微风徐徐吹过,

我愿轻轻地唱着歌

来到你身边小憩。

和你在一起,

我将永远,永远充满乐趣!

像稻苗一样碧绿,

小草,

你是那样柔嫩又美丽。

吮着你滴滴清新的露水,

我可爱的小牛,

你喜欢它吗?

我可爱的野兔,

你也喜欢它吗?

是的,是的,

像稻苗一样碧绿的小草啊!

我将永远,永远不离开你!

(王晔　邢慧如译)

诗琳通(1955—),泰国著名诗人。泰国国王普密蓬·阿杜德的次女,自幼酷爱赋诗。毕业于艺术大学研究生院,后进入朱拉隆功大学深造,获梵文巴利文专业硕士学位。其主要作品有诗集《佛教偈语》《诗琳通公主诗集》《献象仪式上的颂歌》等。儿童文学作品有小说《顽皮透顶的盖洱》和诗集《小草的歌》。

诗琳通的诗清丽婉约,情感真挚,让人读出她有一颗善良博爱的心。小草是微不足道的,正如有首歌词所写的,它"没有花香,没有树高",可就是这"无人知道的小草",却博得了高贵的公主的爱心。这是为什么呢?因为它"柔嫩又美丽",可以让人们在它"身边小憩";因为那滚动在"柔嫩又美丽"的草叶上的"滴滴清新的露水",是小牛和野兔的所爱。是的,小草是微不足道的,但它以自己的绿给它周围的世界带来了欢乐。不仅如此,绿色的小草,还是一位使者,春天派它来重整严冬践踏过的旷野,它是新生的象征、生命的象征,难怪爱写诗的小公主也被招引了来,与它难舍难分,"永远不离开"。

【菲律宾】马丁

生活的色彩是爱

爸爸,生活是何种色彩?

同树叶一样嫩绿?

如玉齿一般洁白?

还是像砖块似的殷红?

爸爸,生活是何种色彩?

爸爸,生活是何种色彩?

同山谷一样幽暗?

如深夜漆黑一片?

还是像少女那绯红的脸蛋?

爸爸,生活是何种色彩?

孩子,生活的色彩,

既不是漆黑幽暗,

也不是殷红湛蓝,

更不像白鸽的羽毛,

孩子,生活的色彩是爱。

(兆和译)

 导读

冈扎罗·马丁(1940—),菲律宾诗人,曾获菲律宾唐·冈扎罗·普亚特文学基金会诗歌比赛一等奖。曾任大学教师、报社编辑、

文学社团负责人和坎达巴市市长。

《生活的色彩是爱》由孩子的提问与爸爸的回答组成，在明白如话的诗行里，传达的是一种生活哲理：生活的色彩是爱，没有爱生活也就失去了它的色彩。孩子总是好问的，从自己熟识的事物里选出嫩绿、洁白、殷红、幽暗、漆黑、绯红等色彩来比拟自己还不明白的生活，这是十分切合孩子们的思维特点的。孩子的世界是由形象、色彩与声音构成的，他们以为万事万物都有它自己的色彩，生活也不会例外。从孩子的角度来说，爸爸的回答也许暂时还抽象高深了些，但孩子们在自己的生活体验中会越来越深刻地体味出，无论生活的表面色彩如何千变万化、五彩缤纷，但生活的底色确实是爱，只有爱才能使生活充满阳光与色彩，一旦失去了爱，世界就会变得灰冷与苍白。孩子们，在承受爱的同时，学会去爱吧。

【马来西亚】陈利惠

不乖的妈妈

妈妈不准我出去玩，
妈妈却东家长西家短。

妈妈不准我穿花衣，
妈妈却穿得花花绿绿。

妈妈不准我看电视，
妈妈却看到三更半夜。

妈妈不准我赌博，
妈妈却期期买多多。

妈妈要我做乖乖，
我不敢说妈妈不乖。

（佚名译）

《不乖的妈妈》是一首孩子写的诗，表达的是孩子对妈妈的态度。作者陈利惠写这首诗时，还是一位12岁的小学生。但诗人的纯真与不平，让她敢于向"不乖的妈妈"发难。孩子也许怎么也弄不明白，大人对孩子与对自己，怎么是两个截然相反的标准。常言道：身教重于言教。又说：父母是子女的第一任老师。为人父母者读到陈利惠小

朋友的这首诗，难道不该检讨一下自己的言行吗？小朋友们读到这首诗，也不妨对照一下，你的父母是怎样对待你们的呢？如果他们也是"不乖的妈妈"，就让他们读读这首诗。

【印度】泰戈尔

同　情

如果我只是一只小狗,而不是你的小孩,
亲爱的妈妈,当我想吃你盘里的东西时,你要向我说"不"么?

你要赶开我,对我说道:"滚开,你这淘气小狗"么?
那么,走罢,妈妈,走罢!
当你叫唤我的时候,我就永不到你那里去,
也永不要你再喂我吃东西了。

如果我只是一只绿色的小鹦鹉,而不是你的小孩,
亲爱的妈妈,你要把我紧紧地锁住,怕我飞走么?

你要对我指指点点地说道:"怎样的一只不知感恩的贱鸟呀!
整日整夜地尽在咬它的链子"么?
那么,走罢,妈妈,走罢!我要跑到树林里去;
我就永不再让你将我抱在你的臂里了。

(郑振铎译)

泰戈尔(1861—1941),印度具有世界影响的著名诗人、作家、艺术家和社会活动家,诺贝尔文学奖(1913年)的获得者。泰戈尔生于加尔各答市一个具有深厚文化教养的家庭,童年时代即崭露诗才,19岁即成为职业作家,一生创作了50多部诗集、12部中长篇小说、100

余篇短篇小说、20余种戏剧,还有大量有关文学、哲学、政治的论著和游记、书简等。其中著名诗集有《吉檀迦利》《园丁集》《新月集》《飞鸟集》等。

《同情》选自诗集《新月集》。早在1904年,诗人用孟加拉文写成一本散文诗集《儿童》,后来用英文重写后,就改名为《新月集》。这本散文诗集字里行间弥漫的是诗人对他相继夭亡的两个女儿的慈爱,以及由此所唤起的诗人对自己童年的追忆。这些诗写出了诗人对儿童心理深刻的理解,表现了他善于用儿童无邪的眼睛和心灵来观察自然、感受生活的特点。《同情》这首诗就是其中的代表性作品之一。孩子对妈妈的发问,在成人看来也许觉得不可思议:你就是妈妈的孩子,你不是"一只小狗",也不是"小鹦鹉",为何要做这等自况呢?是狗是鹦鹉,就会受到人类的训责,孩子,这与你又有什么关系呢?也许大人们会说,这一切都早已是命中注定的。可是孩子不会这样想,小狗、小鹦鹉,还有我——你的小孩,都是自然之子,都是活生生的生命,在这点上谁也不比谁高贵。妈妈,你如果爱你的孩子,就爱这些自然中的小生命吧,它们同样需要人类之爱。全诗虽短,但从孩子的自白里,读者能读出一颗可爱的童心。不仅如此,在这童真的反抗里,还会让做妈妈的明白:既然爱自己的孩子,那就应该善待孩子的伙伴。同情心乃是一切善行之母。

【印度】维·嘉英

猴子妈妈

我逮住了你,猴子妈妈,
你就住在我这里!
我每天一大早起来,
头一件事就是喂你好吃的东西。

你难过什么呢,猴子妈妈?
什么也不吃,什么也不喝。
你已经知道我对你好,
你已经看出我多喜欢你……

我知道你的心事,猴子妈妈,
你愁闷不乐,不喝也不吃,
是因为森林的那片草地上,
你那小家伙在等着你。

好吧,你跑吧,猴子妈妈,
你去找你儿子吧,别哭……
等我吃完这个芒果,
我就去玩我的皮球。

(韦苇译)

导读

维·嘉英,印度现代作家。生平不详。我们之所以选录这首《猴子妈妈》,是因为孩子生来就有亲近动物的天性,日常生活中也经常看到人类对动物的饲养,从私人家庭的鸟笼到都市里的动物园,当然动物园不仅仅是供观赏的,还有研究动物习性、保护动物的特性,与个人仅供观赏消闲的目的很不相同。如何来看待这些现象呢?如何处理人与动物以至自然的关系呢?这首《猴子妈妈》可以给人一些启示。

鸟儿本该在天上飞,却有人把它抓来关在笼子里;鱼儿本该在河里游,却有人把它捕来放在鱼缸里;猴子的家本该在树上,却有人要把它逮来拴在床头。这些大自然的子民,本来都自由自在地生活着,各得其所,只是由于你的喜欢,便剥夺了它们的自由。想想看,你是一个多么自私和无情的"朋友"!也许,这一切都不是你的本意,你的本意是爱它们的,但真正的爱不是占有;你想成为它的最亲密的朋友吗?它们需要的不是喂给它们最好吃的,而是请你还给它们自由。孩子,去玩你的皮球吧,猴子有猴子的生活;猴子妈妈还要照顾她的孩子们呢!诗中猴子妈妈的慈爱形象与"我"对猴子妈妈的理解,写得合情合理,十分动人,尤其是诗末"我"放了猴子妈妈,以明确的价值取向给读者以导引。

【格鲁吉亚】顿巴泽

凯蒂诺,你猜猜!

谜语:赶跑了严寒,
　　　明媚的笑脸,
　　　最美好,
　　　最温暖,
　　　如果她一离开,
　　　就盼她快快回到身边。

谜底:最美好,
　　　最温暖,
　　　也许你认为
　　　她是春天?
　　　你没有猜对,
　　　根本就不是她。
　　　告诉你吧:
　　　这是妈妈!

谜语:最健壮,
　　　最公正,
　　　声音最洪亮,
　　　卷发蓬松松。
　　　世界上,
　　　数他最强大,

世界上，

数他最忠诚。

谜底：最健壮，

最公正，

声音最洪亮，

卷发蓬松松，

你以为是雄狮？

又猜错啦。

告诉你吧：

这是爸爸！

（谷羽译）

顿巴泽(1928—1984)，格鲁吉亚作家，曾任格鲁吉亚作协理事会主席。主要作品有小说《乡村男孩儿》《别怕，妈妈》；也写儿童诗，《凯蒂诺，你猜猜！》就是一首流传广泛的别出心裁的谜语诗。该诗最大的特点是以孩子们喜爱的谜语形式来结构全篇，塑造了孩子心目中的妈妈、爸爸的形象，表达了父母和子女之间特有的浓浓亲情。由于是谜语形式，这首诗便于在学校或家庭表演。不仅口语化的语言生动、俏皮、传神，而且句式的长短有致，易读易记，朗朗上口。这些都大大增强了该诗的艺术感染力，营造了一个温馨甜美的抒情空间。

【伊朗】巴哈尔

人 的 装 饰

人的装饰要靠智慧和学问,
华美的衣裳不会带来荣耀。
我曾见过许多才学高深的人,
身着破衣烂衫,一副乞丐的外貌。
我也见过不少无能的恶棍,
身上穿的是皇帝的龙凤袍。
高贵的服饰和智慧不能混同,
臃肿和健美岂能视为同道。
假如你是一个昏聩的蠢人,
穿得富丽堂皇照旧不值分毫。
粗布的口袋也会无比珍重——
假如内装不锈的黄金闪耀。
炫耀外表的阔绰才叫愚蠢——
实际上败絮其中,金玉其外。

(邢秉顺译)

巴哈尔(1866—1951),生于马什哈德。伊朗著名诗人、学者、社会活动家。主要作品有《呵!我的祖国》《祖国在危急中》《伊朗的呼唤》《诗人的理想》《夜莺》等诗歌。从这些诗的名字可以看出,巴哈尔是位具有鲜明政治倾向的诗人。

俗话说"人靠衣装",而诗人在这里所揭示的是一个十分普通但又十分深刻的道理——"人的装饰要靠智慧和学问"。没有"智慧和学问"的人,实质上无异于行尸走肉。人们都知道,爱因斯坦一生简朴,但他的名字闪耀在人类文明的史册中;西汉王公用金缕玉衣包裹尸体,却永远遭人嘲笑。不必为朴素的外表而羞愧,无知与浅薄才是终生遗憾。这一深刻的主题,对青少年树立正确的价值观、人生观,有着积极的指导意义。正像诗中所说的:"高贵的服饰和智慧不能混同。"尤其是青少年,不应将精力用在追求物质的高消费上,而应该珍惜宝贵光阴,发愤求学,使自己掌握越来越多的新知识,远离愚昧而成为一个"才学高深的"文化人。中古时期,波斯有位大诗人鲁达基曾有一句诗,是人们应该铭记不忘的:"知识是心里明亮的火炬,是你身上的铠甲,它保护你免遭一切灾难。"

【黎巴嫩】纪伯伦

小溪，你在说什么

清晨我漫步在山坡谷地，
晨光宣泄着永恒的秘密，
山涧里流淌着一条小溪，
她在歌，在唤，在吐露心曲：

生活并非安逸，
　　它是思念和希冀。
死亡并非哀歌，
　　它是失望和憔悴。
智者不在言词，
　　其秘密在言词背后藏匿。
伟人不在高位，
　　不屑权位者才配享荣誉。
高尚并不与先辈同义，
　　多少贤者成了先辈刀下鬼！
锁链并不象征卑贱，
　　它可能比项链更珍贵。
华服并不代表安适，
　　天堂建在美好的心灵里。
炼狱并不限于酷刑，
　　内心空虚是地道的炼狱。
田产不会永远闪耀金光，

多少富豪如今在颠沛流离！
贫穷不意味着低微，
　　世上财宝来自粗食布衣。
美丽并不在于容貌，
　　俊雅是心灵闪射出的光辉。
完满的成就并不专属尊贵，
　　某些罪恶也许能带来恩惠。

这就是小溪道出的话语，
她让左右岩石听个仔细。
小溪吐露的一番衷曲，
或许归于大海的秘密。

（李唯中等译）

纪伯伦(1883—1931)，黎巴嫩著名诗人、散文家、画家，阿拉伯海外文学的代表人物。生于农民家庭，12岁随母亲到美国波士顿定居，后漫游欧洲，1912年定居纽约。主要成就是散文诗和散文，重要作品有《泪与笑》《先驱者》《先知》《先知园》《沙与沫》等，其中，著名散文诗集《先知》是他的代表作。此外，他还创作过不少小说。

《小溪，你在说什么》是一首格言诗，充满诗情和哲理。诗人借小溪的一路诉说，告诉人们应该以什么样的标准来评价所面临的生活，提醒人们不要痴迷于表象，而要透过现象看本质。生活是很复杂的，你的耳闻目睹不一定就是真理，还应用大脑去思索分析，因为生活的表象所呈现的往往是这样一种颠倒了的世界：高贵者其实最卑贱，卑

贱者常常是高贵者;富有的其实最贫穷,贫穷的倒常常最富有。读这首哲理诗,读者可以从中学会运用辩证的眼光来分析问题,对事物的本质做出正确的判断。

【土耳其】希克梅特

死了的小女孩

请开门吧,是我在敲门,
我在敲每一家的门,
你的眼睛看不见我——
因为谁也看不见死了的人。

我死在广岛,
多少年过去了,又要过多少年,
我曾经是七岁而现在还是七岁——
因为死了的孩子不会长。

火烧毁了我的头发,
后来眼睛也蒙住了,
于是我变成了一小撮灰烬,
风就把灰吹走了。

我请求你,但不是为了我自己,
我不需要面包,也不需要米饭,
一个像枯叶一样烧焦了的孩子,
连糖也不能吃了。

签上你们的名字,
我请求你们,全世界的人们,

为了让孩子们能够吃糖,

为了不让火把孩子烧死。

(陈微明译)

希克梅特(1902—1963),土耳其具有国际声誉的大诗人。生于萨洛尼卡城。20世纪20年代曾在莫斯科东方大学学习,受马雅可夫斯基影响颇深。回国后从事进步文学活动,多次被捕,坐牢达17年之久。1950年流亡国外,获国际和平奖。主要作品有《希克梅特诗集》等。

希克梅特的诗充满激情,富于正义感与乐观主义精神,语言简洁,节奏明快。《死了的小女孩》是一首以和平为主题的政治抒情诗,借一个小女孩的亡灵之口,控诉了战争的罪恶,尤其是战争给无辜的孩子造成的伤害,请求全世界的人们联合起来,为孩子们创造一个和平的世界。这个7岁的亡灵,来自广岛。广岛,在1945年8月6日8时15分的一次原子弹爆炸中,就有78150人丧生。日本法西斯战犯最终得到了应有的惩罚,但人民是无辜的,孩子是无辜的,为什么战争的罪孽要由一个7岁的小女孩来承担呢?既然悲剧已经发生,人们就不该再让它重演。和平与发展是人类永恒的主题,"为了让孩子们能够吃糖,为了不让火把孩子烧死",全世界一切有良知的人,请在"小女孩"的"请求"上,"签上你们的名字"吧!

【突尼斯】沙比

童　年

呵，童年多么美好！
　　　是生命的梦乡。
童年的岁月，
　　　像睡梦双翼下甜蜜的幻象。
它用微笑的眼睛
　　　向人世万物凝望，
怀着颗梦幻的心，
　　　漫步在河谷两旁。

童年在春天的心灵中，
　　　颤动激荡，
畅饮着柔和的黎明时分，
　　　最甜美的露浆。
全世界都为它
　　　把爱情和欢乐的歌儿高唱。
它沉醉于
　　　生活的梦境和光芒。

童年是一段
　　　诗一般的时光，
带着感情、眼泪、
　　　欢乐、骄傲和期望。

它尚未踏进

  悲哀、不幸、苦难的世界。

因而还未见过

  光华下事实上的虚妄！

（杨孝柏译）

  沙比，全名为艾布·高西姆·沙比（1909—1934），生于突尼斯南部的吉里德省，毕业于突尼斯法律学校。1915年起发表诗作，主要诗作有诗集《生命之歌》，长诗《生的意志》。因其卓越的诗歌创作成就，被誉为"突尼斯民族之光"。他的诗富于浪漫主义精神，想象丰富，意境清新，诗意浓郁。

  童年是文学创作的永恒母题之一，童年情结也是许多人走上文学之路的内驱力之一。对童年的礼赞，不只是怀旧与忆念，还有追求与希望。童年那如诗的时光与甜蜜的幻想难道不该珍惜么？而在经历了尘世的"悲哀、不幸、苦难"和"虚妄"之后，再回到童年，重温旧梦，不也是为再一次"踏进"所作的一次很好的休整么？童年，这"生命的梦乡"，是否可以说，此后的人生都只是在尽力地圆着一个个"童年梦"呢？

【坦桑尼亚】夏巴尼

我们的错误

没有更好的教材,
比得上我们的错误。
击鼓能手也有漏拍的时候,
谁又能不犯错误?
孩子啊,请把我的话
牢牢记住!

知道早,
不难将错误根除,
调理好事务,
你的成果将更丰富。
且莫后退,放松手中的缰绳,
向前进,策马奔赴!

动物进化到人类,
思想发展也有赖于错误。
错误,能促人发愤,
错误,又令人鼓舞。
它使我们混乱模糊的思路,
变得一清二楚。

错误是有益的一课,
每个人都要细细读。

细细读啊,把它读通,
读通它啊,你才会成熟。
有错而不反省,
只能是糊涂加糊涂。

当错误将我们折磨,
造就了多少哲人来拨开迷雾?
为赢得尊严,
我们全力以赴。
最后的成功,
决不将我们辜负。

来吧,早些来吧,
我将错误招呼。
趁着年富力强,
何惧犯有错误?
早知错,早改过,
可不要等到老态龙钟,迈不开步!

错误就是财富,
错误使人领悟。
它意味着:
磨炼真正的人格和禀赋,
直至我们德行高尚,
不随世俗。

(周国勇译)

导读

　　夏巴尼(1909—1962)，坦桑尼亚著名诗人、学者、小说家。生于坦噶市附近农村，从小对民间文学怀有浓厚兴趣。一生勤于创作，作品颇丰。主要诗集有《非洲人在歌唱》《非洲的钻石》《真正的爱》，叙事长诗《为自由而战》等。此外还有寓言小说《可信国》《理想国》，自传体小说《我的一生》等。

　　《我们的错误》是一首充满哲理意味的诗。诗人非常全面耐心地阐明了"错误就是财富"的主题，教导人们要正确认识错误、对待错误，将错误变成财富。诗意是层层推进的，先告诉人们，人无完人，"谁又能不犯错误"，但犯了错误，早早地发现错误并"根除"错误，就会使成果"更丰富"。再从"思想发展也有赖于错误"立论，告诉人们，不要怕犯错误，因为"错误是有益的一课"，它"促人发愤"又"令人鼓舞"，让人"成熟"又促其"成功"。最后诗人招呼着"错误""来吧，早些来吧"，让人们"趁着年富力强"的时候，辗过错误，早日走向成功。相信读到这首诗的小读者们，就再也不会惧怕错误了，因为谁会拒绝"财富"与"成功"呢？

【南非】恩代贝莱

妈妈,我怕……

妈妈,妈妈,我怕,
我怕屋子外头的大象。

嘘——我的孩子,那是狗,
是咱家的狗在那儿汪汪叫。

妈妈,狗在夜里能变成大象么?
我怕狗。

嘘——我的孩子,别怕,别出声儿。

(谁坐在黑影里!一截树枝变成了太阳?谁?)

妈妈,把蜡烛吹灭,
要不,大象会看见咱们醒着,
我在黑暗里不哭了,妈妈,
我不哭了。

嘘——孩子,不会出事的。
(谁坐在黑影里?
那截树枝,湿漉漉的,
怎么变成了太阳?谁?

谁在光溜溜的牛槽里躺着?
阴森森、黑洞洞的夜。)

妈妈,我怕——大象,
它现在扇耳朵,我听到的。
赶走它,妈妈,
妈妈,让它走开,
要不它该把咱们吃了。

啊,我的宝贝,睡吧,睡吧,
这不是大象,是狗——咱家的狗。

……妈妈,我怕,
妈妈,连你我都怕……

(周国勇　张鹤译)

导读

恩代贝莱,南非诗人,生平不详。因受反动当局迫害,被迫流亡国外。他的诗颇富战斗性和抒情性,豪放中不乏细腻。

《妈妈,我怕……》是一首以孩子口吻写的典型的儿童诗,孩子害怕黑暗的心理被淋漓尽致地渲染了出来。"妈妈,我怕……"这句话,每个孩子都说过。怕什么呢?本来是没什么可怕的,可越是胆小就越感到害怕,越害怕就越胆小,就会胡思乱想,甚至对最熟识、最亲近的人也害怕。这种心理也是每个人都有过的。诗人真实而生动地摹写了这一心理,并不是要把"怕"的病毒传染给读者,而是让人们思考:孩子为什么一定要说屋子外面有头大象,而且说听到了大象扇耳朵的声音?孩子为什么由怕大象到怕狗,最后连妈妈也怕?人们也许会说,这一切都是心理作用。那么怎样才能消除孩子的心理恐惧呢?夜的降临是无法更改的事实,唯一可以依赖的是只有孩子的妈妈了。妈妈与其煞费苦心地哄孩子别怕,不如改掉那个世代传统的"嘘——"鼓励孩子走出妈妈的怀抱,去正视黑暗,让他亲眼看看是狗还是大象。再者,妈妈是孩子的心理依靠,在这个时候,一定要有不怕黑暗的表现,让孩子有所依靠,这样他就不会连妈妈也怕了。

【芬兰】索德格朗

星　星

当夜色降临
我站在台阶上倾听；
星星蜂拥在花园里
而我站在黑暗中。
听，一颗星星落地作响！
你别赤脚在这草地上散步，
我的花园到处是星星的碎片。

（北岛译）

艾迪特·索德格朗（1892—1923），芬兰女诗人。主要诗集有《诗》《九月的竖琴》《玫瑰祭坛》《未来的阴影》等。她短暂的一生充满了苦难，生前备受冷落，死后才名声大振，以至与美国女诗人狄金森和苏联女诗人阿赫玛托娃齐名。

这首小诗《星星》与日本诗人土井晚翠的《星星和花》在题材上有相似之处，但在处理上各有千秋。如果说土井晚翠笔下的星星和花儿，这对大自然母亲的女儿还只能在天上与地上遥遥相望、互表祝愿的话，那么这对同胞姐妹却在索德格朗的幻想国里相会在花园里了。听：又一颗星星下凡来了，她们"蜂拥在花园里"让你分不清哪儿是星，哪儿是花。

【比利时】莫·卡列姆

妈　　妈

我一定要说出来，
说出你给我生命的
一片感激之情。
你给我这么多我喜欢的树，
给我这么多我喜欢的鸟，
给我这么多张开花瓣儿的星星，
给我这么多写诗作歌用的词语，
给我这么多向我敞开的心灵，
还给我这么多歌喉甜润的少女，
还给我这么多供我紧握的亲善的手，
还给我这颗童稚的心——
它对生活无所奢求，
就只希望有一阵轻风
把我这理想的风筝送上蓝天！

（佚名译）

莫·卡列姆(1899—1978)，比利时著名儿童诗人。这位出生于贫寒之家的农民后代，一生发表了50多部诗集，获得多种文学奖。1972年在巴黎获得"诗坛宗主"的荣誉称号。有100多位作曲家曾为他的作品谱曲。他的儿童诗真挚、质朴，深入浅出，言近意远，深为各国儿童喜爱。主要诗集有《母亲》《神灯》《最可爱的人》等。

《妈妈》是诗人名作中的一首。对生命之源——妈妈的爱的礼赞,是文学永恒的母题之一,母亲给了我生命,有了生命,才有了我周围的一切——树、鸟、星星……否则,这美丽的自然与缤纷的世界,又有什么意义。"我一定要说出来,说出你给我生命的一片感激之情"。我"对生活无所奢求,就只希望有一阵轻风把我这理想的风筝送上蓝天"。朋友,你猜猜看,"我这理想"是什么呢?不同的小读者读这首诗时,一定都会为这个问题而思考,当然也一定会得出不同的答案。那么,请告诉我,藏在你心中的理想又是什么呢?

【西班牙】希梅内斯

路边一朵小花

　　路边这朵小花多么洁净,多么美丽呵,柏拉特罗!有那么多马、牛、羊和人们从它身边走过,而它那么温柔,那么纤弱,却依然挺立,依然保持它的淡紫与娇嫩。在那糟乱的一小块土地上,保持着自己的贞洁。

　　一天又一天,当我们从一条捷径走上斜坡的时候,就会看见它在那片绿地上。有只小鸟在那儿安了家,小鸟看见我们就飞走(为什么要飞走呢);它的花冠像小高脚酒杯,雨滴在里面闪闪发光;蜜蜂向它索取花蜜,盛装的蝴蝶对它作出轻佻的挑逗。

　　它的生命很短暂,柏拉特罗,不过我们应该永远把它记住。它的生命就是你我的春天。呵,柏拉特罗,为使这朵小花的春天时时朴实地、永恒地存在下去,为了春天在我们心中复活,为了交换这朵野花,我有什么不舍得给秋天呢?

(佚名译)

　　希梅内斯(1881—1958),西班牙著名诗人,1956年获诺贝尔文学奖。主要诗集有《悲哀的咏叹调》《遥远的花园》《永恒》《宝石与天空》《美》《一致》《全季》,散文诗集《柏拉特罗与我》等。在诗歌理论方面,他提出"纯诗论",主张创作没有雕琢痕迹的"纯粹的诗",摆脱韵律与节奏的束缚,认为诗歌应该通过自然景物抒发个人心灵,引导人们追求永恒的美与理想的境界。这一诗论和他的创作实践对西班牙当代诗歌产生了很大影响。诺贝尔奖获奖评语中称"他的西班牙抒情诗,为崇高的心灵与纯净的艺术,树立了一个典范"。事实也证明了这一点,很多在西班牙文学史上鼎鼎大名的诗人,像爱伯堤、盖尔伦、萨林纳斯以及洛尔迦等,都出自他的门下。以米斯特拉尔为首的拉丁美洲诗人群也不例外。

《路边一朵小花》选自希梅内斯的散文诗集《柏拉特罗与我》。这部完成于1914年的诗集是他的前期代表作,被评论家看作一部"精神传记",包含建筑在纯真之上的人生哲理,以内心最深沉的柔情歌颂了普通的人与平凡的事,表现了作者对自然与人类的态度。柏拉特罗是诗人青少年时代所骑的小毛驴,后因误食毒草而死。诗人以这头小毛驴为主人公,写它在春天里驮着诗人走进生命的世界,而在冬天里告别了世界。这部长篇散文诗就是以春夏秋冬的时序为结构主线的,《路边一朵小花》写的就是春天里的一朵小花。这朵静静地开放在路边的不知名的小花,"多么洁净""多么美丽""那么温柔""那么纤弱""挺立"和"贞洁"的品德,引起了诗人的遐想。小花的生命虽然短暂,难道我们不应该永远地记住它吗?"它的生命就是你我的春天",诗人在感慨生命很短暂的同时,肯定了奉献的价值。以平凡而短暂的小花入诗,是与诗人的诗美理想一致的。诗人曾自述道:"我总是欣赏缺点,一只吊眼儿,一个拉胯的人,一颗痣……多亏有所谓的缺点!其实并非憾事,它使我们摆脱了可恶的完美!"

【捷克】维·奈兹瓦尔

我要生起气来

我要生起气来，
就一个人到非洲去。
我有一具木马，
我骑着它远远地跑掉。
在非洲，饿了我吃橙子。
妈妈，爸爸，奶奶，姥姥，
我一个也不想念，
要是我心里不好受，
我也不会哭，不会伤心。
非洲有很多蝴蝶，
它们一天高高兴兴的，
它们会飞到我头上来，
给我讲各种各样的故事，
那声音像梦，轻轻的。

（韦苇译）

维·奈兹瓦尔(1900—1958)，捷克著名诗人，20世纪二三十年代捷克诗坛现代主义流派的代表人物。主要诗集有《令人叫绝的魔法师》《哑剧》《爱迪生》《希望的母亲》《和平歌》。其中《和平歌》于1950年获世界和平理事会国际和平金质奖章。维·奈兹瓦尔的儿童诗想象恣肆，善于在响亮的诗句中蕴涵儿童对世界的形象感知。

　　《我要生起气来》的抒情主人公是一位调皮又可爱的孩子。孩子都爱使性子,只要他不满意,他就会毫不顾忌地耍脾气,才不会预先考虑到后果呢。诗中的"我"倔强而天真,他的骑木马旅行,很有童话色彩。他将自己的心灵放逐到非洲,听蝴蝶"讲各种各样的故事"。全诗以第一人称的自叙口吻,亲切真实,朗朗上口,一气呵成,其中的孩童形象呼之欲出,真不愧是描写儿童世界的高手。

【波兰】杜维姆

人人为人人

石匠盖房子，
裁缝缝衣服。
但是裁缝要是没有屋，
露天他可怎么干活。

要是没有巧手缝衣服，
缝出裤子缝围腰，
石匠光着膀子干活，
他怎么受得了！

烤面包的师傅，
穿鞋得托鞋匠。
鞋匠不吃面包，
哪能缝得这么欢？

这道理一说就容易明白：
我们干的样样都不可少。
那么让我们好好干吧，
诚实、互助又勤劳！

(韦苇译)

 导读

　　杜维姆(1894—1953)，波兰诗人，法西斯侵占波兰后，他流亡国外，发表政论揭露法西斯暴政。二次大战后，他创作了大量诗歌，流传很广。1949年获国家一级"劳动旗帜勋章"，死后又被追授一级"波兰复兴勋章"。杜维姆善于运用民间口语和儿童语言抒情，专为儿童创作了大量诗歌。主要诗集有《窥视上帝》《热情的内容》以及长诗《波兰之花》等。

　　我国20世纪五六十年代曾流传一句口号，叫"人人为我，我为人人"，生动地说明了一个人在社会这个大家庭中与他人的关系，同时也是那个时代社会风气的写真。由于社会分工，人与人之间只有互相帮助，才能各得所需，正如这首诗中写到的，石匠要穿衣服，裁缝要住房子。"人人为人人"这个道理是明摆着的，无须做更多的说明，人们都会明白。但明白是一回事，做起来却常常需要付出终生的努力。只有那些"诚实、互助又勤劳"的人，才能真正理解"人人为人人"的真谛。

【爱尔兰】斯蒂芬斯

陷　阱

忽听得一声痛苦的哀鸣！
有一只兔子跌入了陷阱；
我只听见他叫得惊慌，
但不知那声音来自何方。

但不知那声音来自何方，
他正在叫喊着要人帮忙；
他向受惊的空气高呼，
使每件东西都感到恐怖。

使每件东西都感到恐怖，
他还皱着他小小的面部，
他又叫喊着要人帮忙，
而我找不到他在何方！

而我找不到他在何方，
陷阱里落下了他的足掌：
小小的东西！哦，小东西！
我正在到处寻你的踪迹。

(佚名译)

导读

詹·斯蒂芬斯（1882—1950），爱尔兰诗人。这位出身贫苦的诗人，没有接受过正规教育，但他的诗歌文笔优美，充满诗情画意，深受读者喜爱。代表诗作是1926年出版的《诗选》。

《陷阱》写一只柔弱的兔子跌入了陷阱，"我"听到它"惊慌"的"高呼"后，到处寻找想营救它。孩子是最善良、最富于爱心的，他们天生就是动物的朋友。然而，让人回味深思的是，这"陷阱"是谁预设的呢？他们为什么要这样做呢？作品中没有说，读者却不能不思考，因为造成动物们不幸的正是这"陷阱"与这"陷阱"的制造者。孩子的世界与这"陷阱"的对比是太明白不过了，从中读者自然会体味出诗人所要表达的主题。

【奥地利】里尔克

少 女 之 怨

儿时，我们常愿
孤身独处，
觉得甜蜜幸福。
别的人在争吵中
消磨时光，
我们待在一旁，
有自己的天地，
以及图画、动物、道路。

我曾以为，生活将
不停地赐予，
我们将继续幻想下去。
在自己心中我不是得到了
最大的满足？
生活难道不再视我为
孩子，给我安抚？

突然间我像遭到了放逐。
当我的胸部小丘隆起，
感情长上了翅膀，
呼唤着寻找归宿，
孤寂随之也超出了
我能忍受的最大限度。

（杨武能译）

里尔克(1875—1926),奥地利著名诗人。主要诗集有《生活与诗歌》《新诗》《致奥尔甫斯的十四行诗》等。他的诗多采用象征主义手法,追求形式美和音乐美。

《少女之怨》是走入青春期少女的一段心灵自白。告别童年的天地,世界不再给你以孩子的安抚,你是否失意?是否烦恼?突然间遭到放逐的你,是否感到不安与孤寂?一切都在自然中成长。是花儿总要开放,是鸟儿总要展翅。或许在这特殊的时刻,你感到躁动与无奈,因为展现在你面前的是一个全新的世界。但你会习惯的,你会很愉快地接受生命所赋予你的一切,因为这一切是那么美妙。

【匈牙利】拉·哈尔什

什么,为什么,怎么样

夏天时,冬天在哪里?
冬天时,夏天在哪里?
天亮时,黑暗在哪里?
是什么时候呀,是谁呀?

树叶不动的时候,风在哪里?
风从哪儿吹来,又吹向什么地方?
夜里,白天那太阳在哪里?
白天,夜里那月亮在什么地方?

为什么河水会不停地流动?
湖是站着不动的水吗?
鱼儿也能在空中游吗?
雨只会下,不会飞吗?

什么?为什么?怎么样?
这些答案都往哪儿找?
大人都这样回答我:
你大起来就什么都会知道!

可是我等不到长大,
就想把什么都弄明白,

为什么,太多的为什么,
一天到晚我都在心里猜。

(韦苇译)

拉·哈尔什(1911—1978),匈牙利诗人。《什么,为什么,怎么样》以一连串提问,巧妙地揭示了儿童"贪婪"的好奇心。孩子们刚刚接触社会,有着太多的为什么,问这问那,总是没完没了,无论大人怎样给他一个透彻的回答,他还会紧跟着问一个"为什么"。不要责备孩子们的好奇,也不要为他们的缠人而烦恼,因为好奇、好问是一种十分可贵的品质,人类进步的历程就是由一连串永无止境的问号组成的无尽的探索。我们应该好好保护孩子们这颗好奇心,引导他们在好奇心的驱使下,不断探索,早日成才。

【匈牙利】裴多菲

我是匈牙利人

我是匈牙利人。我的祖国
是五大洲中最美丽的地方。
它别有天地。在它富裕的土地上，
有数不清的无尽的宝藏。
那里有山峰，有高高的山峰
望得见加斯比湖的波澜，
它那里有平原，广漠的平原
伸展着，像在寻找地球的边缘。

我是匈牙利人。我的性格严肃，
恰似我们的小提琴的低音；
微笑常常飞到我的唇边，
可是很少听到我的笑声。
当我非常兴奋了的时候，
我会在最愉快的情绪中哭泣；
但当我苦闷着，我就露出了笑容，
因为我不需要别人的怜惜。

我是匈牙利人。在过去的大海上，
我骄傲地看到了，我看着
那高高地耸立天空的礁石，
你的伟绩，我英勇的祖国！

在欧洲的舞台上,我们表演过
也并不算很坏的角色;
世界很害怕我们的出鞘的宝剑,
正像孩子们害怕黑夜的电击。

我是匈牙利人。匈牙利人现在是什么?
他是死去的光荣的黯淡的幽灵;
他刚刚出现,可是钟声一响,
他又回到洞穴,不见踪影。
我们多么沉静!连我们的近邻
也一点听不到我们的声息。
甚至于我们的同胞的兄弟
也给我们准备了耻辱的丧衣。

我是匈牙利人。我的脸羞红了,
我应该惭愧,因为我是匈牙利人!
别的地方已经阳光普照,
我们这里黎明却还没有降临。
然而,纵使世界给我珍宝和荣誉,
我也不愿意离开我的祖国,
因为纵使我的祖国在耻辱之中,
我还是喜欢、热爱、祝福我的祖国!

(孙用译)

裴多菲(1823—1849),19世纪匈牙利最伟大的诗人。15岁开始

写诗,用民歌体,题材多取自人民生活,一生写了800多首短诗和8首长篇叙事诗,著名长诗有《亚诺什勇士》《使徒》等,其作品对匈牙利文学的发展影响很大。1849年7月31日,诗人在伟大的卫国战争中为祖国的解放事业献出了年仅26岁的宝贵生命。

裴多菲写了许多对热爱祖国、关心革命前途和鞭挞反动的专制统治的诗篇,还写了不少鼓舞战士斗志的战歌和进行曲。《我是匈牙利人》可以说是这位爱国诗人的一首代表作。诗人以"我是匈牙利人"感到自豪,因为"我的祖国/是五大洲中最美丽的地方",有着悠久的历史与辉煌的"伟绩";同时又是"我是匈牙利人"感到"脸红""惭愧",因为"别的地方已经阳光普照,/我们这里黎明却还没有降临"。诗人表达了他"纵使我的祖国在耻辱之中,/我还是喜欢、热爱、祝福我的祖国"的强烈爱国激情。这种激情是永恒不变的,是"珍宝和荣誉"买不动的,她在"耻辱之中"却更加坚定。诗人有一首名叫《我的最美丽的诗》,正可以借来做这首《我是匈牙利人》的注释,全诗如下:

> 我已经写了许多的诗,
> 这一些也并不全白费;
> 可是那首决定我的名声的
> 最美丽的诗,我还不曾写
>
> 那最美丽的诗是,当我的祖国
> 为了复仇,起来向维也纳反抗,
> 那时,我就用辉煌的剑锋,
> 在一百条心里写着:死亡!

[意大利]罗大里

一行有一行的气味

不管哪一行，
都有独特的气味：
面包铺里散发着，
发酵的面粉和奶油鸡蛋香。

当你走过，
家具作坊旁，
你会闻到，
刨花和新锯木板的清香。

油漆工人身上总散发着
松节油和油漆的香味儿，
镶玻璃窗的总有
窗用油石灰的气味儿。

司机的制服上，
有汽油味儿。
工人的外衣上，
有机器油味儿。

有肉豆蔻味——
那是做糖果的师傅，

有令人惬意的药香——
那是穿白大褂的大夫。

犁地的农民，
有泥土的气息，
和田野和草地的
清新芬芳。

渔夫身上的气味，
让人想到鲜鱼和大海。
只有无所事事的人的身上
散发不出令人心怡的味道。

懒惰的阔佬，
不管身上洒多少香水，
孩子们，他发出的气味，
也实在不大好。

（侯水正译）

罗大里（1920—1980），意大利著名儿童文学作家，有20世纪世界儿童文学"泰斗"之称，1970年国际安徒生奖的获得者。他曾参加过反意大利法西斯（墨索里尼）的反战阵线，并加入了意大利共产党。28岁在意共《团结报》副刊《儿童角》任编辑，开始童诗与童话创作。代表性作品有诗集《快乐的小诗》《天空和大地的诗》，童话《洋葱头历险记》《假话国历险记》，儿童小说《三个小流浪儿》等。

　　罗大里的儿童诗多以日常生活为题材，语言清新、活泼，富于儿童情趣。《一行有一行的气味》是其代表诗作之一，融知识性、教育性、趣味性于一体，被译成多种文字在世界流传。诗人巧妙地将嗅之可觉的"气味"与比较抽象的"行业"联系起来，引导孩子展开联想，从富有特征的气味中认识不同的行业，同时懂得劳动在人们生活中的重要作用。这里的"气味"可以说是"劳动"的代名词。勤奋工作的人，尽管他流的是臭汗，却创造了生命的芬芳；"懒惰的阔佬，不管身上洒多少香水"，都散发出腐烂的气味。诗人还有一首《一行有一行的颜色》，其构思与本诗极其相似，也同样写得生动、形象、浅近，感情炽烈，又十分符合儿童的欣赏心理。

【南斯拉夫】德·鲁凯奇

贝尔格莱德出了乱子

出了乱子！
出了乱子！
全贝尔格莱德
这样惊惊惶惶。
人人都在说：
有一只可怕的狮子
不久前
从动物园里
跑到外面。

所有汽车，
所有电车，
所有大车，
所有小车，
都像兔子一样，
逃开去躲藏！
求狮子没有用，
唯一的办法是
逃得快一点！

爬窗的爬窗，
进屋的进屋！

快点!

快点!

谁跑得这么慢?

唉,这个不要命的家伙!

瞧那百兽之王

来咬你的屁股!

叫呀,

嚷呀,

哇啦哇啦,

都进了房。

然后从窗口

往外张望。

这里那里

大家都心里嘀咕:

现在顶要紧的是

别叫狮子饿得慌!

瞧瞧面包师

把大堆大堆

美味的小面包

全扔给狮子:

吃吧吃吧,

百兽之王,

可别来把我们咬!

糖果店的人

把大堆大堆的

巧克力,

果子膏,

扔给兽王;

吃吧吃吧,狮子,

吃巧克力糖!

吃吧吃吧,狮子,

吃果子软糖!

可千万别

吃人!

可狮子,

不喝,不吃,

它文文静静地

走进了电影院,

它温温和和地

坐在观众席上,

专心一意地

看那从它老家非洲

拍来的电影。

(韦苇译)

德·鲁凯奇,南斯拉夫当代诗人。生平不详。但《贝尔格莱德出了乱子》这首寓意深远的诗作,将会给每一位读者留下抹不去的印

象。如果你看过电影《侏罗纪公园》或它的续集《失落的世界》,就会不自觉地将诗中的狮子与电影中的恐龙进行对比,对贝尔格莱德的混乱,你就会有亲临其境的感觉了。诗人的高超处,是将人们的恐慌无措与狮子"文文静静"构成强烈的对比,一下子将诗的主题凸现出来。人类对动物的了解还非常贫乏,尤其在处理与大自然万物的关系上,还有许多误区。就说这"百兽之王"吧,它本是勇猛与彪悍的象征。在莽莽苍苍的大森林里,它发出震天动地的怒吼。但动物园里的狮子,早已在人类的戒规下,失去了灵性和威风。你看它从动物园里走出,步履是多么蹒跚,神态多么木然,这绝不是真正的雄狮!但它的内心深处仍有着野性的渴望,那就是对那片它曾经咆哮过的非洲故土的呼唤。简洁、凝练的语言,紧张、明快的节奏,排比、反复的渲染,使全诗有着强烈的艺术感染力,令人百读不厌。

【保加利亚】伐佐夫

读吧，小牧童

在一棵核桃树的阴凉下，
我看见一个小牧童坐着，衣衫褴褛——
两只眼睛紧盯着破旧的识字课本。
"你在读什么，亲爱的小伙计？"
"我在读：A，B。"

读吧，读吧！这本小玩意
今天会在世界上创造奇迹，
它是上帝亲自留给我们的第二个太阳，
它能唤醒沉睡者，使健康的人更明理。
你读吧：A，B。

它比钻石和黄金更珍贵；
你读吧！它能使盲人见天日——
全世界都从这口泉眼里汲取清流——
下点工夫它就会重重赏你，
你读吧：A，B。

是啊，它像太阳。那些活活葬身在
精神的黑暗中的人应该感到羞耻！
读吧，你读了它就会变成一个新人，
一个能在世界上斗争的大力士，

你读吧:A,B。

你年纪虽小,但要肯在这里花力气——
不花力气任何时候都不会有成绩!
有了强壮的身体再有学识——
你就真正掌握了成功的奥秘。
你读吧:A,B!

(杨燕杰译)

伐佐夫(1850—1921),保加利亚最著名的现实主义作家和诗人,曾任教育大臣。他的诗作题材广泛,语言生动,描写细腻,充满激情,爱国是他诗作中最重要的主题。主要诗集有《旗与琴》《保加利亚的悲哀》《拯救》《被遗忘者的史诗》《田野和森林》等,还有长篇小说《轭下》。

《读吧,小牧童》是一首寓意深远的抒情诗。诗人从小牧童"盯着破旧的识字读本"展开联想,将启蒙教育比作在创造人类的"第二个太阳",肯定学习在人成长过程中的重要性的同时,告诉人们,不要小看了这A、B两个最简单的字母,如果你循着一个个字母读下去,你就踏上了人类走向进步的阶梯,就会变成一个拥有光明、智慧和力量的新人。知识"比钻石和黄金更珍贵",而学习就是你"成功的奥秘"。诗人在每节的最后都以相同的句式收束,不仅使诗的形式别具一格,而且也将诗人对求学牧童的赞赏与期望之情表达得淋漓尽致。"你读吧:A,B。"这句饱含深情的话语,无疑是交给孩子们一把打开知识宝库的钥匙。

〖保加利亚〗兹·安盖洛夫

全球的孩子们,早上好!

早上好,全球的孩子们!
白肤色的孩子们!
黄肤色的孩子们!
红肤色的孩子们!
今天,我的歌儿
像一群鸟儿
飞翔着,
来到你的身边!

瞧,这就是我的歌儿,
请看
它正飞向你们!
我歌儿那彩色的
羽毛,
在阳光下闪耀光亮。
你们知道吗,
我的这支歌
打心底里希望
世界上
有更多的
信任
和善良。

地球是
一只无比巨大的船舰,
我愿它飞速前进,

千万别撞上暗礁。
我要为
我们的星球
通向美好的明天
找到
一条宽广的大道。

我希望
开花的季节
永远和我们在一起。
美丽的鲜花
到处开放，
用来制造子弹的金属
都变成
银亮银亮的
发射卫星的火箭。
愿我们的孩子
都能坐上宇宙飞船，
飞向
星星的世界，
我要和你们一起
飞翔在
繁星中间。

早上好，全球的孩子们！
我给你们
寄上
这支歌，
我的歌
能把风暴

牢牢地闭锁，
我的歌
能阻挡冰雹，
而把欢乐送给
天下的小朋友，
我的歌
要在和平的六月上空
泻落
鲜花的瀑布。

(韦苇译)

兹·安盖洛夫(1922—1982)，保加利亚著名儿童文学作家，为孩子们写了许多快乐的诗篇。《全球的孩子们，早上好!》便是其中脍炙人口的一首。诗人向全球的孩子们问好，祝愿他们能在"信任""善良""和平"的环境里，愉快地成长。译者韦苇先生也被作者的宽广胸怀与美好理想所感染写下了充满诗情的感慨："唱一曲彩色的歌吧，歌声不再分什么肤色，那跳跃的音符充满着信任和善良；唱一曲和平的歌吧，歌声不再伴有硝烟的苦涩，那跳跃的音符载有幸福和欢乐；唱一曲飞翔的歌吧，歌声不再分什么空间，那跳跃的音符穿越星河。这是一曲六月之歌，是属于全世界小朋友的节日之歌！"全诗饱含激情，长短句错落有致，朗朗上口，适合朗诵与表演。

【德国】海涅

我们那时是小孩[1]

我们那时是小孩，
两个小孩，又小又快乐；
我们爬进小鸡窝，
我们藏入草垛。

若是人们走过，
我们就学着鸡叫——
"咯咯——咯咯！"他们以为，
这是公鸡在叫。

我们把院里的木箱，
裱糊得美丽新鲜，
做成一个漂亮的家，
一块儿住在里边。

我们邻家的老猫，
常常走来访问；
我们鞠躬、请安，
向它献尽殷勤。

我们小心和蔼

---

[1] 这是诗人写给他妹妹的诗。

问它身体平安；
从此对一些老猫
总是这样寒暄。

我们也常常坐着谈话，
事理通达像老人一样，
我们抱怨，在我们的时代
一切都比现在善良；

爱情、忠诚和信仰
都从世界里消失，
咖啡是多么贵，
钱是多么稀奇！——

儿时的游戏早已过去，
一切都无影无踪——
金钱、世界和时代，
信仰、爱情和忠诚。

（冯至译）

  海涅(1797—1856)，19世纪德国伟大的革命民主主义者，著名诗人、讽刺作家和政论家。海涅早期的抒情诗具有浪漫主义的风格，他把自然界里的玫瑰、夜莺、百合、蝴蝶、星辰、月光、日出、日落，以及海上的波涛和晚间的雾霭，都融化在简洁有力的诗句里，个人的情感和

外界的事物得到美妙的融合,感情真挚,语言优美。

《我们那时是小孩》是一首眷恋童年的怀旧诗。成人世界的混浊、虚伪与丑恶,让诗人喘不过气来。他回到自己的童年,重温天真、纯洁、美丽的梦境。可一旦回到现实中来,"儿时的游戏"便"无影无踪","爱情、忠诚和信仰都从世界里消失",诗人更加感到苦闷。诗人感人至深的诗句,不仅抒发了对现实的不满,还从对儿童状态的摹写里表达了他的人生理想。童年是文学创作的永恒母题之一,但诗人笔下的童年,不是单纯的情感怀旧,而是有着深刻的社会思考。这一点,初识愁滋味的少年能体会到。

【法国】雨果

在一座街垒上面……

在一座街垒上面,就在铺路石中间,
它被行凶的血弄脏,又被热血洗遍,
有一个十二岁的男孩和大人被俘。
"你是他们一伙的?"孩子说,"同一队伍。"
"那可好哇,"军官说,"我们要把你枪毙。
你就等着吧,"孩子望着高大的墙壁,
火光一闪又一闪,伙伴们纷纷倒下。
男孩子对军官说:"你能否让我回家?
我把这表送回去,要去交给我妈妈。"
"你想溜?""我就回来。"这些流氓在害怕!
"你家住哪儿?""就在前面,在水池旁边。
我马上回来,队长先生。"他许下诺言。
"滚,太可笑了!"孩子走了。"这也算花招!"
士兵和他们军官一起都哈哈在笑,
这笑声停了,因为脸色发白的小孩
突然出现了,他像维阿拉①一样骄傲,
他走来背靠着墙,并对他们说:"我到。"
死神也感到害羞,军官免了他一死。
这场风暴把一切都给搞混了,孩子,
善和恶难以区分,也难分英雄强盗,
你为什么投入这场战斗我不知道,

---

① 维阿拉(1780—1793):法国大革命时期著名的少年英雄,他为保卫共和国在和保王党作战时牺牲,年仅13岁。

但你无知的心灵却是崇高的心灵。

你又善良,又勇敢,你在深渊的绝境。

走了两步:一步向母亲,一步向死亡。

孩子有的是天真,而大人后悔难忘,

别人要你做的事,责任不由你承担。

这孩子神气、英勇,他宁可不要平安,

不要生命和游戏,不要春天和朝阳,

只要一座朋友们死去的阴暗高墙。

你呀,还这么年轻,光荣吻你的额头,

就连斯泰西科尔①在古希腊,小朋友,

也会请你去守卫阿尔戈斯②的城市。

西内日尔③会对你说:"我们俩秋色平分!"

蒂尔泰④在麦西尼⑤,埃斯库罗斯在忒拜⑥,

都会承认你属于俊美的青年一代。

你的名字也会被刻上青铜的圆盘⑦。

你也就会和那些俊美的青年一般,

晴天如果向柳荫覆盖的井边走去,

那肩上扛着一罐清水的年轻少女,

她来汲水是要喂气喘吁吁的水牛,

她会低下头沉思,并转身凝视良久。

(佚名译)

---

① 斯泰西科尔(约公元前640—公元前580):古希腊抒情诗人,常咏唱英雄故事。
② 阿尔戈斯:希腊古代港口城市,曾受斯巴达的围攻。
③ 西内日尔:希腊悲剧诗人埃斯库罗斯的弟弟,曾参加著名的马拉松战役,以作战英勇闻名于世。
④ 蒂尔泰(公元前7世纪):古希腊抒情诗人,曾写有激励斗志的诗篇。
⑤ 麦西尼:希腊地名。
⑥ 忒拜:又译底比斯或锡韦,希腊中部地名,古代曾繁荣一时。
⑦ 古希腊将英雄的名字刻于圆形的铜盘上,置于寺庙内或公共建筑物上,以铭记不忘。

雨果(1802—1885)，法国文学史上最重要的一位作家，19世纪前期浪漫主义文学运动的领袖人物，世界级的文学巨匠。重要作品有长篇小说《巴黎圣母院》《悲惨世界》《海上劳工》《笑面人》《九三年》等，诗集有《东方集》《秋叶集》《心声集》《惩罚集》《凶年集》等，还有剧本《克伦威尔》等。

《在一座街垒上面……》是雨果以巴黎公社斗争历史为题材的著名作品之一，被誉为一首记录巴黎公社斗争历史的小小"史诗"。巴黎公社是法国无产阶级于1871年在巴黎建立的工人革命政府，是人类历史上第一个无产阶级专政的政权。3月28日公社宣告成立，5月28日公社失败。公社失败后，面对反动派对公社社员的疯狂迫害，雨果挺身而出为社员们辩护。诗中描绘的就是一个视死如归的公社小战士形象。这位小战士不但正气凛然，而且笃厚诚实，为了把身边唯一值钱的东西——表，送给妈妈而天真地向执行死刑的士兵请假。而就是这一情节，更引起读者对反动派的仇恨，他们杀害的是一个孩子啊！诗的后半部，诗人抒发了对小战士的赞美之情，通过大量典故来进行对比，突出了小战士的崇高伟大。诗句感情炽烈，节、行的排列不拘一格，这也从另一方面显示了雨果创作的浪漫主义特征。

【法国】普雷维尔

为鸟儿画像

先画一个

打开门的鸟笼

然后替鸟儿

画些美丽的东西

简单的东西

漂亮的东西

有用的东西

接着把画布放在

花园中

或者森林中

靠着墙

藏在树后面

一句话也不要说

也不要动……

有时鸟儿很快就来了

但在它决意来之前

也许要等几年

不要灰心

等着吧

需要等就等几年

鸟儿的飞来迟或慢

这和作品的成就

丝毫不相干

如果鸟儿飞来的话

当它飞来的时候

绝对要沉默

让它进笼

等它进去以后

轻轻地用画笔把门关上

然后把笼子所有的小棍儿

一根一根擦去

小心别触动鸟儿任何一根羽毛

然后画树木

为鸟儿选择

最美的一条树枝

还要画绿荫与风儿的凉爽

阳光照出的浮尘

还有牲口的叫声、炎夏的青草

随后等鸟儿决心歌唱

如果鸟儿不唱

那是凶兆

表明那幅画不好

如果它唱,那是吉兆

表明你可以署名了

那么你就轻轻地

拔下一根羽毛

就在这幅画下面的一角署上你的大名

（沈宝基译）

 导读

普雷维尔(1900—1977),法国著名诗人。他的作品往往在未发表之前就在群众中广泛流传开了。主要作品有《白话诗集》与电影剧本《天堂的孩子们》等。

《为鸟儿画像》表面看来仿佛是教孩子们怎样画鸟,而其中却蕴涵着深刻的道理。画一个鸟笼可以吸引鸟儿飞来;把鸟儿画在"最美的一条树枝"上,仿佛能听到它在歌唱。这绘画的功夫是多么神奇啊,在此之前,画家要付出多少勤奋。一位真正的艺术家,他的创作态度是严肃认真的,"鸟儿不唱",他就不会署上自己的名字。而神来之笔,却是来自勤奋。鸟儿歌唱不仅是鸟儿有了生命,还有它开口歌唱的环境:撤掉鸟笼,将鸟儿放归大自然,为它造一片森林,为它选择最美的树枝,为它"画绿荫与风儿的凉爽/阳光照出的浮尘/还有牲口的叫声、炎夏的青草"。对鸟儿生态的描写,体现了作者十分可贵的环保意识。而全诗犹如说故事,娓娓道来,让你不忍释卷。

【法国】艾吕雅

自　　由

在我的练习本上，
在我的课桌上，
在沙上雪上树木上，
我写你的名字。

在所有念过的篇章里，
在所有洁白的书页上，
在石头、鲜血、白纸或焦灰上，
我写你的名字。

在涂金的画像上，
在战士们的武器上，
在君主们的王冠上，
我写你的名字。

在丛林中、沙漠上，
在鸟巢里、花枝上，
在我童年的回音里，
我写你的名字。

在黑夜的奇妙事物里，
在白天洁白的面包上，

在和谐配合的四季里,
我写你的名字。

在我所见的几片蓝天上,
在阳光照着的发霉的水池上,
在月亮照着的活泼的湖面上,
我写你的名字。

在田野间,在地平线上,
在飞鸟的羽翼上,
在风车的黑影上,
我写你的名字。

在黎明的阵阵气息里,
在大海上,在船舶上,
在狂风暴雨的山上,
我写你的名字。

在云的泡沫里,
在雷雨的汗水中,
在稠密而乏味的雨点上,
我写你的名字。

在闪闪烁烁的各种形体上,
在各种颜色的钟声上,
在物质的真理上,

我写你的名字。

在活泼的羊肠小道上，
在伸展到远方的大路上，
在人群拥挤的广场上，
我写你的名字。

在点亮的灯上，
在熄灭的灯上，
在我所有的单元住房上，
我写你的名字。

在我的房间和镜子所反映的房间
形成的对切的两半苹果上，
在空贝壳似的我的床上，
我写你的名字。

在我那只温和而馋嘴的狗身上，
在它竖起的耳朵上，
在它拙笨的爪子上，
我写你的名字。

在我家门前的跳板上，
在家常的器物上，
在受人欢迎的熊熊火上，
我写你的名字。

在所有的得到允许的肉体上，
在我朋友们的额上，
在每只伸出来的友谊之手上，
我写你的名字。

在充满惊奇的眼睛上，
在小心翼翼的嘴唇上，
冲破周围的沉寂，
我写你的名字。

在我的被毁了的掩蔽所上，
在我的塌倒了的灯塔上，
在我的无聊厌倦的墙上，
我写你的名字。

在毫无欲望的别离中，
在毫无掩盖的寂寞中，
在死亡的台阶上，
我写你的名字。

在重新恢复的健康上，
在已经消除的危险上，
在没有记忆的希望上，
我写你的名字。

由于一个词儿的力量,

我重新开始生活;

为活在世上是为了认识你,

为了叫你的名字:

自由。

(罗大冈译)

艾吕雅(1895—1952),法国诗人,社会活动家,超现实主义奠基人之一。1914年加入了法国共产党投入法国抵抗运动,深深认识到第一次世界大战给予人们的苦痛。1917年根据生活体验写出第一本诗集《责任与焦虑》。主要诗作有《和平时期的诗》《为了不死而死》《诗与真理》等。他以诗歌为武器,鼓舞人民为自由解放而战,荣获抵抗运动勋章。战后,又为争取世界和平做出新的贡献。

诗人说过:"真正的诗要表现现实世界,并且要表现我们的内心世界和我们所梦想的那个改造了的世界。"《自由》就是这样一首"真正的诗",道出了一位自由战士的心声。不自由,不如死。诗人对自由的孜孜追求与向往,是对现实极端不自由的批判。简朴、纯真的诗行,饱含着力量,塑造了一个上天入地、出生入死、为自由而战的抒情主人公形象。那么,"自由"是一个怎样的概念呢?诗人在诗中没有说,但读者从前面有关作者情况的简介中就能有一个明确的认识。

【俄国】普希金

渔夫和金鱼的故事

从前有个老头儿和他的老太婆，
住在蔚蓝的大海边；
他们同住在一所破旧的小泥棚里，
整整地过了三十又三年。
老头儿每天出去撒网打鱼，
老太婆就在家里纺纱结线。
有一次他向大海撒下网，
拖上来的只是一网泥沙。
他再撒了一次网，
拖上来的是一网海草。
他又撒下第三次网，
这次网到了一条鱼，
不是条平常的鱼，却是条金鱼。

金鱼在苦苦地哀求，
用人的声音讲着话：
"老爹爹，把我放回大海吧；
我要给你贵重的报酬：
为了赎回我自己，你要什么都可以。"
老头儿大吃一惊，心里还有些害怕：
他打鱼打了三十又三年，
从没有听说，鱼会讲话。

他放了那条金鱼，
还对她讲了几句亲切的话：
"上帝保佑你，金鱼！
我不要你的报酬；
到蔚蓝的大海里去吧，
在那儿自由自在漫游。"

老头儿回到老太婆那儿去，
向她讲起这件天大的怪事：
"我今天捉到一条鱼，
是条金鱼，不是平常的鱼；
这条鱼讲着我们的话，
请求我把她放回蔚蓝的大海，
还拿贵重的代价来赎回她的身子：
为了赎回她自己，我要什么都可以。
我不敢要她的报酬；
就这样把她放回蔚蓝的大海。"
老太婆指着老头儿就骂：
"你这个蠢货，你这个傻瓜！
不敢拿这条鱼的报酬！
就是问她要一只木盆也好，
我们的那只，已经完全破得不成话。"

于是老头儿就走向蔚蓝的大海；
看见大海在轻轻地起着波涛。
他就开始叫唤金鱼，

金鱼向他游过来,问道:
"你要什么,老爹爹?"
老头儿对她行了礼,回答道:
"鱼娘娘,你做做好事吧,
我的老太婆责骂我,
不让我这个老头儿安静;
她要一只新的木盆,
我们的那只,已经完全破得不成话。"
金鱼回答道:
"用不着悲伤,去吧,上帝保佑你,
你们马上就会有只新木盆。"

老头儿回到老太婆那儿去,
看见老太婆果然有了一只新木盆。
这次老太婆骂得更厉害:
"你这个蠢货,你这个傻瓜!
只要了一只木盆,你真蠢!
木盆可有多少财宝?
滚,蠢货,回到金鱼那儿去,
向她行个礼,问她要一座木房子。"

于是他走向蔚蓝的大海,
(蔚蓝的海水骚动起来)
他就开始叫唤金鱼,
金鱼向他游过来,问道:
"你要什么,老爹爹?"

老头儿对她行了个礼,回答道:
"鱼娘娘,你做做好事吧,
老太婆骂得我更厉害,
不让我这个老头儿安静;
讨厌的老太婆想要座木房子。"
金鱼回答道:
"用不着悲伤,去吧,上帝保佑你,
就这样:你们准会有座木房子。"

他走向自己的小泥舍,
小泥舍已经无影无踪;
在他面前,是座有明亮的阁楼的木房子,
装着砖造的白烟筒,
还有橡树造的薄木板的大门。
老太婆坐在窗下,
更厉害地指着丈夫痛骂:
"你这个蠢货,你这个地道的傻瓜!
只要了一座木房子,你真傻!
滚回去,向金鱼行个礼:
我不愿再做低贱的农妇,
我要做个世袭的贵妇。"

老头儿走向蔚蓝的大海,
(蔚蓝的海水不安静起来)
他就开始叫唤金鱼,
金鱼向他游过来,问道:

"你要什么,老爹爹?"
老头对她行了个礼,回答道:
"鱼娘娘,你做做好事吧,
老太婆比以前更生气,
不让我这个老头儿安静;
她已经不高兴做低贱的农妇,
她要做个世袭的贵妇。"
金鱼回答道:
"用不着悲伤,去吧,上帝保佑你。"

老头儿回到老太婆那儿去,
他看见了什么?原来是座高楼大厦。
他的老太婆站在台阶上,
身罩名贵的貂皮披肩,
头上戴着绣金的头饰,
珍珠挂满颈项,
手上是金戒指,
脚上还穿着一双红色的小皮靴。
站在她前面的,是忠心的奴仆;
她打他们,揪住他们前额上的头发。
老头儿对他的老太婆说道:
"你好吗,尊敬的贵妇人!
大概,你的小心儿现在总该满意了吧。"
老太婆骂了他一顿,
就把他派到厩里去当夫役。

一个礼拜过去,一个礼拜又过来,
老太婆的脾气发得更厉害。
她再派老头儿到金鱼那儿去:
"滚回去,对金鱼行个礼;
我不想再做世袭的贵妇,
我要做个自由自在的女皇。"
老头儿吓了一跳,央求道:
"你怎样,婆娘,难道发了疯?
走路,说话,你都不会,
你要惹得全国上下哈哈大笑。"
老太婆气得怒火冲天,
打了老头儿一个耳光。
"土佬儿,你怎敢和我这个世袭的贵妇吵嘴?——
滚到海边去,老实对你说,
你不去,也得逼了你去。"

老头儿跑向大海,
(蔚蓝的海水变得阴暗起来)
他就开始叫唤金鱼,
金鱼向他游过来,问道:
"你要什么,老爹爹?"
老头儿对她行了个礼,回答道:
"鱼娘娘,你做做好事吧,
我的老太婆又在无理大闹:
她要做个自由自在的女皇。"
金鱼回答道:

"用不着悲伤,去吧,上帝保佑你!
好吧!老太婆就会变成女皇!"

老头儿回到老太婆那儿去,
怎么回事?在他前面是皇家宫殿,
他看见他的老太婆在宝殿里。
她做了女皇,坐在桌旁,
侍奉她的都是大臣、贵胄,
给她斟满从外国送来的美酒,
还吃着盖有彩印的糕饼;
一群威风的卫兵站在她的周围,
肩上都扛着利斧。
老头儿一看,不禁有些害怕,
连忙对老太婆双膝跪下,
说道:"你好吗?威严的女皇!
你的小心儿现在总该满意了吧。"
老太婆看都没有看他一眼,
就吩咐左右把他从眼前赶走。
大臣贵胄们都奔过来,
抓住老头儿的颈脖推出去。
跑到大门口,卫兵们赶过来,
几乎用利斧把他砍死。
人们都在嘲笑他:
"老糊涂,真活该!
这对于你,糊涂虫,今后是个好教训:
一个人应该安守自己的本分!"

一个礼拜过去,另一个礼拜又来。
老太婆的脾气发得更厉害;
她派了朝臣去找她的丈夫。
他们找到老头,带到她的面前来。
老太婆对老头儿说:
"滚回去,向金鱼行个礼,
我不愿再做自由自在的女皇,
我要做海洋上的女霸王,
这样我可以生活在大海洋上,
让金鱼来侍奉我,
还叫她供我差遣。"

老头儿不敢违抗,
也不敢说什么话来阻挡。
于是他就走向蔚海的大海,
看见海面上起着黑色的大风浪。
激怒的波涛翻腾起来,
在奔驰,在狂吼。
他就开始叫唤金鱼,
金鱼向他游过来,问道:
"你要什么,老爹爹?"
老头儿对她行了个礼,回答道:
"鱼娘娘,你做做好事吧!
我怎样才能对付我那个该死的婆娘?
她已经不愿再做女皇,

她想做海洋上的女霸王；
这样她可以生活在大海洋上，
你亲自去侍奉她，
还供她到处差遣。"
金鱼什么话都没有讲，
只用尾巴在水里一划，
就游进了深深的大海。

他长久地站在海边等候回音，
没有等着，就走回到老太婆的身旁——
看见：在他前面重新是那所小泥舍；
他的老太婆正坐在门槛上，
摆在她前面的，还是那只破旧的木盆。

(佚名译)

导读

普希金，全名为亚历山大·谢尔盖耶维奇·普希金（1799—1837），是伟大的俄国诗人，俄国文学的奠基人。他因写歌颂自由、抨击农奴制、充满革命激情的诗篇，被沙皇流放，后因不容于世俗，死于决斗。普希金8岁开始写诗，一生总共写了近900首抒情诗，其中有5篇童话诗。普希金的诗篇丰满、优美、完整、匀称、精巧，真情淳朴，铿锵有力，具有明快的哀歌式的忧郁、优美的旋律和强烈的艺术魅力。别林斯基赞誉普希金的诗"所表现的音调的美和语言的力量到了令人惊异的地步；它像海波的喋喋一样柔和、优美，像松脂一样醇厚，像闪电一样鲜明，像水晶一样透明、洁净，像春天一样芬芳，像勇

士手中的剑击一样铿锵有声"。又说:"在俄国诗人中,没有,断乎没有第二位诗人像普希金这样无可争议地配做少年读者、成年读者,甚至老年读者的教导者。因为我们不知道在俄国还有比普希金更有天才、精神更高尚的诗人。"

《渔夫与金鱼的故事》是普希金童话诗的代表作,写成于1833年10月14日,可能是根据格林兄弟的童话创作而成,但融入了俄国民间风味,大大地丰富了情节、深化了其中的意蕴。诗中的老太婆受惩罚,是因为她越富有越加剧了她的蛮横。在民间,真、善、美若不能压倒假、恶、丑,这童话就不能流传。普希金的这首诗保持了这一特点。当"该死的老太婆"连女王也不想做,要"做海洋上的女霸王"时,她就又坐回那条小泥棚的门槛上去,"摆在她前面的,还是那只破旧的木盆"。"她面前还是只破旧的木盆",如今已成了俄罗斯人的一个成语,意思是贪欲无边必将受到惩罚。诗人采用了民间童话常用的回环手法,运用民间童话常用的强烈对照,使作品既保留了民间童话的基本特质,又焕发着诗人作为一个民族伟大诗人的天才的奇光异彩。

【俄国】莱蒙托夫

帆

在那大海上淡蓝色的云雾里
有一片孤帆儿在闪耀着白光!……
它寻求什么,在遥远的异地?
它抛下什么,在可爱的故乡?……

波涛在汹涌——海风在呼啸,
桅杆在弓起了腰轧轧地作响……
唉!它不是在寻求什么幸福,
也不是逃避幸福而奔向他方!

下面是比蓝天还清澄的碧波,
上面是金黄色的灿烂的阳光……
而它,不安地,在祈求风暴,
仿佛是在风暴中才有着安详!

(佚名译)

莱蒙托夫(1814—1841),19世纪俄国继普希金之后的伟大诗人。出身于退役军官家庭。14岁开始写诗。早期创作既受普希金和十二月党人的影响,又接受了欧洲资产阶级革命时期浪漫主义诗歌的影响。在呼唤自由、渴望风暴的同时,常常有一丝淡淡的孤独和哀怨。1837年,他为普希金因决斗而死写的《诗人之死》一诗,名震文坛,却

得罪沙皇,屡遭流放和入狱,最后死于预谋的决斗,年仅27岁。代表作有长诗《童僧》《恶魔》,抒情短诗《帆》《剑》《浮云》等,还有小说《当代英雄》。

《帆》是莱蒙托夫最著名的抒情诗之一,18岁时写于彼得堡。帆的性格是敢于向风暴挑战。诗人便运用象征的手法,以孤帆为象征物,表达了对社会变革的渴望和对革命风暴的呼唤。写景与抒情的结合,创造出了鲜明的"孤帆"形象,它在寻求什么?它在抛弃什么?诗人在最后一节做了回答,它在"祈求风暴",它在准备战斗。由于这首诗所揭示的积极的人生哲理以及洋溢着青春的躁动,一直受到广大青少年的喜爱,在俄国,这首诗还被谱成歌曲,广为传唱。

【俄罗斯】蒲宁

夏　夜

"给我一颗星儿吧,"孩子睡眼惺忪地说,

"给我吧,妈妈……"她拥抱着他,

坐在凉台的石级上,石级

伸向一个坐落在小山坡上的花园。

草原的花园阒静无声,在夏夜

光线朦胧昏暗。东方的天空有一颗

孤单的星儿,闪烁着微红的光芒。

"给我吧,妈妈……"她带着温柔的微笑,

望着孩子的瘦脸:"你要什么呀,亲爱的?"

"要那颗星儿……""要来干吗?""玩儿……"

花园里的树叶在窃窃私语,

草原上土拨鼠吱吱地叫着。

孩子趴在母亲的膝上睡着了。

母亲拥抱着他,幸福地呼了口气,

用一双忧郁的大眼睛望着

那颗遥远的、静静的星儿……

人类的心灵啊,你是多么的美!

有时你真像无边无际的平静的夜空

和夜空中闪烁不定的星儿!

(张草纫译)

蒲宁(1870—1953),著名作家,1933年诺贝尔文学奖获得者。诗人的少年时期,是在"遍地都是花卉芳草,庄稼林木,一片宜人的田园宁静气氛"之中度过的。大自然赋予了他优美的诗人气质。17岁开始发表诗作,后主要致力于小说创作。代表作品有诗集《落叶集》、小说《乡村》等。

《夏夜》是诗人的一首名作,借孩子的梦呓抒发个人内心的渴望,文笔生动细腻,语言优美隽永,意境空阔悠远,却带着淡淡的忧愁。孩子是喜欢幻想的,希望妈妈"给我一颗星儿"的儿时体验,每个人都有过。诗人逼真地再现了儿童的心灵。幻想的空灵、夏夜的"朦胧昏暗",以及花园里的"窃窃私语",组成了一个神奇的世界。这是人类心灵的一种折光,是诗人温馨而寂静的精神家园。诗句朴实无华,形式自然随意,看似信口说来,然而叙事抒情都恰到好处,严谨的艺术技巧使俄罗斯散文写作中的古典传统在他的诗作里得到了继承与发展。

【苏联】阿吉姆

你 的 朋 友

你有一位好朋友,
要论学问,
哪个朋友也比不上他;
天南地北的难题,
身边的奇异现象,
什么疑问他都能解答。

记得吗?
第一次见他走上讲台,
大家断定:厉害!
可听他说起话来,
你们全都觉得
既动听,又明白。

面对同一张课桌,
他为你
单独讲解数学题;

他帮助你的同桌做练习;
还为争吵的同学劝架,
既批评,又讲道理。

记得吗?
他带领你们去郊游,
六点起床,天刚蒙蒙亮。
在大森林里,
他边走边讲,
各种鸟儿都怎么样歌唱。

秋天里,
夜幕降落,
你已经上床睡觉。
可是他,
却刚刚打开
那个沉甸甸的手提包。

当你正睡得香甜,
已经做了好几个美梦,
他俯下身子凑近台灯,
自言自语:
"谢廖沙这回得了5分!
叫人高兴!"

你的朋友,长年累月
培育了数不清的学生。
如今,感激他的
有农民,有炼钢工,
有著名学者,有诗人,

有演员,有战斗英雄……
你的老师是可靠的朋友——
他比任何朋友都要忠诚!

(谷羽译)

阿吉姆(1923—?),苏联时期著名诗人、翻译家。曾获土库曼列宁主义共青团奖金。主要作品有儿童诗集《我给你写信》,童话《好好先生》。1980年,因翻译儿童诗集《急急忙忙找朋友》,获国际安徒生荣誉奖。

以尊师为题材在儿童诗中是很普遍的,但这首诗的角度选得非常巧妙,它以猜谜的方式,在层层推进中结构全诗,又寓意深刻。诗人在最后揭出谜底:"你的老师是可靠的朋友——他比任何朋友都要忠诚!"由于有前面的铺陈,这里已是水到渠成,说出了读者心里正要说的话。更难得的是,诗人将师生关系称为朋友关系,从一个侧面反映了老师最没有私心、最乐于奉献、最值得信赖的可贵品格。将老师称作学生的最可靠的朋友,并没有因此降低老师的威信和地位,而是将师生的感情建立在一个人格平等的基础上。做过学生或老师的读者都会有切身的体会——朋友的境界正是他们孜孜以求的一种带有理想色彩的新型师生关系,诗人笔下描绘的正是这样一幅理想蓝图。

[苏联]马尔夏克

笨耗子的故事

耗子妈妈哄她宝宝:
"吱吱吱吱,快快睡觉!
给你面包皮儿咬,
给你蜡烛头儿嚼。"

可小耗子回答她道:
"你的嗓子过分细小。
我说妈妈你别叫,
给我去把保姆找!"

耗子妈妈到处跑,
去求一只鸭子道:
"鸭子大婶,请上我家,
把我孩子给摇摇。"

鸭子对小耗子唱道:
"嘎嘎嘎嘎,睡吧宝宝!
下过雨我园里找找,
给你小虫找一条。"

可笨耗子老没睡着,
迷迷糊糊对她说道:

"你的嗓子不大好,
声音大得不得了!"

耗子妈妈到处跑,
去求一只青蛙道:
"青蛙大婶,请上我家,
把我孩子给摇摇。"

青蛙一本正经唱道:
"呱呱呱呱,哭多不好!
睡吧睡到大清早,
给你蚊子吃个饱。"

可笨耗子老没睡着,
迷迷糊糊对她说道:
"你的嗓子不大好,
唱的歌儿太单调!"

耗子妈妈到处跑
去求一匹母马道:
"母马大婶,请上我家,
把我孩子给摇摇。"

母马对小耗子唱道:
"伊嗬嗬嗬,乖乖睡觉!
身子朝里睡睡好,

麦子给你一大包!"

可笨耗子老没睡着,
迷迷糊糊对她说道:
"你的嗓子不大好,
我给吓得扑扑跳!"

耗子妈妈到处跑,
去求一只母猪道:
"母猪大婶,请上我家,
把我孩子给摇摇。"

母猪哑着嗓子直叫,
哄那不听话的宝宝:
"儿儿儿儿,快睡觉,
胡萝卜你要不要?"

可笨耗子老没睡着,
迷迷糊糊对她说道:
"你的嗓子不大好,
声音凶得不得了!"

耗子妈妈心想道:
只好去把母鸡找。
"母鸡大婶,请上我家,
把我孩子给摇摇。"

母鸡对小耗子唱道：
"咯咯咯咯，别怕，宝宝。
我用翅膀把你抱，
这儿暖和静悄悄。"

可笨耗子老没睡着，
迷迷糊糊对她说道：
"你的嗓子不大好，
叫人简直睡不着！"

耗子妈妈到处跑，
去求一条梭鱼道：
"梭鱼大婶，请上我家，
把我孩子给摇摇。"

梭鱼对小耗子唱道——
可是声音全听不到：
鱼嘴动得真热闹，
唱什么却不知道……

那笨耗子老没睡着，
迷迷糊糊对她说道：
"你的嗓子不大好，
实在轻得听不到！"

耗子妈妈到处跑，
最后去求一只猫：
"猫大婶啊，请上我家，
把我孩子给摇摇。"

猫对这小耗子唱道：
"喵喵喵喵，睡吧宝宝！
喵喵，上床快睡好，
喵喵，好好睡一觉。"

那笨耗子快要睡着，
迷迷糊糊对她说道：
"你的嗓子真正好，
声音甜得不得了！"

耗子妈妈回家来，
往小床上瞧了瞧，
可笨耗子不见了，
到处找也找不着……

（任溶溶译）

马尔夏克(1887—1964)，苏联时期儿童文学的奠基人，著名儿童文学作家、诗人。曾先后四次获斯大林奖金，1963年获列宁奖金。其代表作有童话剧《十二个月》，童诗《笨耗子的故事》等。

马尔夏克给各年龄段的孩子都留下了既有趣味又有教育意义的诗篇,其中最著名的就是《笨耗子的故事》这首童话诗。诗人以近乎滑稽的喜剧形式,让几乎所有的家畜上场,却没有一个能令小老鼠中意,最后找到了猫,其结果可想而知。笨耗子的故事告诫人们,要警惕那些嗓子好、声音甜的家伙,因为最中意、最顺耳的话,往往埋藏着危险。诗人不厌其烦地述说着一个个小故事,将情节一步步推向高潮,富有表现力和幽默感。作品对幼童有很强的魅力,所以流传也特别广泛。

【英国】米尔恩

谁也管不着

我绝对,我绝对,我绝对不爱听
"当心啊,小乖乖!"
我绝对,我绝对,我绝对不要
"把我的手儿紧紧抓";
我绝对,我绝对,我绝对不理睬
"别上那儿啊,小乖乖!"
说这话没用。他们懂个啥!

(屠岸译)

米尔恩(1882—1956),英国当代著名作家。作品甚丰,以儿童文学为主,尤以童话、儿童诗成就卓著,享有世界声誉。主要作品有童话《小熊温尼·菩》,儿童诗集《当我们还很小的时候》《我们已经六岁了》等。

米尔恩的儿童诗通过孩子的眼睛去观察世界,描摹儿童心理惟妙惟肖,已成为欧美家喻户晓的儿童读物,《谁也管不着》是其中脍炙人口的一首。儿童都有反儿童化的心理,即反感大人将其当作什么也不懂的孩子看,什么事都要包办。其实大人们根本不懂得孩子的心理,正像诗中的"我"所说的"他们懂个啥!"现在,我们的社会是一个独生子女的时代,像"当心啊,小乖乖!"这类话,人们都非常耳熟,习以为常了。然而,谁替孩子们想过,他们能接受这般厚爱吗?殊不知,许多孩子可贵的个性都在这无理的抚爱中磨灭了。教育孩子是一门很高深的学问，需要多方面的知识，但其中最重要的是儿童观以及由此衍生的教育观，根本点是尊重儿童、理解儿童、引导儿童，让儿童的个性得到全面、充分的发展。希望那些"望子成龙"心切的家长，高抬贵手，放孩子一马，不要剥夺了他们做孩子的权利，给他们一个永远值得忆念的快乐的童年。

【英国】司各特

爱 国 心

这人还活着,他的心已死亡,
他从来没有对自己这样讲,
"这就是故土,我的祖国!"
如果不再流浪在异邦,
一旦踏上祖国的土壤,
谁的内心不热情似火?
要是有这号人,把他认清;
诗人的欢歌不为他歌吟;
尽管他头衔高,姓氏堂皇,
要多少有多少钱财宝藏,
不管那头衔,财富和权力,
那家伙,一切都为了自己,
他活着,就该是臭名远扬,
谁料地死了,就该下葬,
埋入他从那儿出来的土壤,
没有人哭泣,致敬,歌唱。

(屠岸译)

 导读

司各特(1771—1832),苏格兰小说家、诗人。擅长写长篇叙事诗和历史小说,作品大多取材于苏格兰和英格兰的历史和民间传说。《爱国心》这首短诗,表达了作者"爱国至上"的强烈爱国情。不爱国

的人，不管他"头衔高，姓氏堂皇"，有多少"财富和权力"，都应该下地狱，让他"臭名远扬"，因为不爱国的人是民族的罪人。爱国是人类最基本的道德情感，爱国就是爱家，就是自爱。尤其是年轻的一代，不仅自己要有爱国心，还要勇敢地同一切不爱国的言行作坚决的斗争，随时准备用生命来捍卫祖国的尊严与利益。

【英国】斯蒂文森

我 的 影 子

我有个小小的影子,进进出出跟着我,
　　我可不大知道他到底有什么用场。
他呀,从头到脚都非常非常地像我;
　　我跳上床去,倒看见他比我先蹦上床。

他怎样成长的呢,瞧,那才叫好玩——
　　　全不像真正的孩子那样,慢慢地长大;
有时候他长得那么高,像皮球,一蹦蹿上天,
　　有时候他缩得这么小,我完全看不到他。

孩子应该怎样游戏,他可是完全不知道,
　　他呀,只知道捉弄我,跟我开玩笑。
他老是紧紧跟着我,真像个胆小鬼,你瞧;
　　我像他跟牢我那样去跟牢保姆可多害臊!

一天早上,非常早,太阳还没有起身,
　　我起来看到露珠在金凤花儿上闪耀;
可是我那懒惰的小影子,真贪睡,还不醒,
　　他在我身后,在家里床上,呼呼地睡觉。

　　　　　　　　　　　　(屠岸　方谷绣译)

导读

斯蒂文森(1850—1894),英国小说家、诗人,19世纪新浪漫主义文学的代表。他的作品风格优雅,文笔流畅,故事情节新奇、浪漫。著名小说有《新天方夜谭》《金银岛》和《化身博士》等。儿童诗集《一个孩子的诗园》因细致地刻画了儿童心理,已成为英国家喻户晓的儿童文学经典作品。

对于自己的影子,相信每个人在童年时期都曾产生过疑惑。斯蒂文森在捕捉童年的情绪和感觉时,表现出了异乎寻常的精确性。我们来看《我的影子》这首诗,对影子的认识、解释,完全是孩子式的。而将早晨太阳未出时根本不存在的影子比作它在"贪睡,还不醒",真是神来之笔,让人拍案叫绝。不是谙熟儿童心理的诗人,是写不出的。斯蒂文森微妙地刻画了儿童心理,得心应手地抒写了儿童情趣,他的这首诗已被公认为儿童诗中的精品,广为传诵。

【英国】戴维斯

放　　学

女孩子尖叫，
　　　男孩大喊；
狗儿乱咬，
　　　放学了。

猫儿跑，
　　　马儿惊；
小鸟儿飞起，
　　　躲进树里。

小毛头醒过来，
　　　睁大眼睛；
流浪汉急急忙忙
　　　藏起身影。

老头儿，
　　　摸回家去吧；
快活的小家伙们，
　　　欢迎！

(其翔译)

导读

戴维斯(1871—1940),英国著名流浪诗人。他只受过初等教育,青少年时代受尽颠沛流离,20多岁时曾浪迹美国、加拿大等地,回国后在贫困中写作。1926年获威尔士大学文学博士学位。主要诗集有《灵魂的毁灭者》《大自然的诗歌》《天堂之鸟》《生命之歌》等。他的诗自然纯真、朴实无华,表现出回归自然、向往自由的意向。

《放学》是戴维斯的名作之一,其可贵之处在于写活了孩子放学后的疯劲以及蕴含在其中的向往自由的精神。在受教育阶段中的儿童,可以说是始终处在一种"受动"的地位,如果教育方法不当,课堂空气沉闷,那么孩子们虽然因为有严格的纪律束缚,只能耐着性子坐在教室里,但是,一旦放学的铃声响了,他们会感到一种解脱,就会冲出学校。狗儿叫,猫儿跑,马儿惊,鸟儿飞,那是因为孩子们冲过来了,连大街上的流浪汉也"急急忙忙/藏起身影",给孩子们让路。教室关不住一个个充满活力的孩子。放学了,周末了,放假了,就该让他们玩个够,因为大人们无论怎样爱他们,也无权剥夺孩子们爱玩的自由,这是他们的权利。本诗所表达的,正是这个主题。

【英国】布莱克

保姆之歌

青青的草地上听到孩子们的声音,
山头上他们的欢笑可闻,
我胸中的心灵安宁,
四周的一切也都寂静。

"孩子们,回家吧,太阳已经西下,
夜晚的露水也已出现;
来,来,别玩啦,我们走吧,
且等明天曙光照亮天边。"

"不,不,让我们玩吧,天还明亮,
我们还不想上床;
而且天上小鸟还在飞翔,
满山满谷绵羊游荡。"

"好,好,玩到阳光消逝,
然后回家上床。"
小东西们笑着又叫又跳,
满山回声激荡。

(袁可嘉译)

　　布莱克(1757—1827),英国杰出的诗人兼画家,浪漫主义诗歌的先驱作家。代表作品有《诗的素描》《经验之歌》《天真之歌》。布莱克善于以清新的歌谣体和奔放的无韵体抒写理想和生活,重想象,重灵感,诗风特异,独树一帜。

　　《保姆之歌》既写了孩子贪玩、情迷大自然的天性,又写了保姆对孩子的理解与宽容。保姆与孩子的关系,一般来说,是孩子必须听保姆的。但诗人笔下的保姆或许是被孩子们所感染,或许她也想起了自己的童年,或许她从孩子们"笑着又叫又跳"中得到一种满足,她成全了孩子们的要求。全诗虽短,却描绘了鲜明的形象且使人产生丰富的联想,尤其是保姆与孩子之间的美好情感,给人留下了难忘的印象。此诗相比于戴维斯的《放学》,虽然角度不同,但有着异曲同工之妙,都生动地刻画了孩子们爱玩的天性。

【英国】安·泰勒

爱瞎鼓捣的玛蒂

哦,讨厌的坏习惯会损害
　　漂亮聪明的小孩!
玛蒂这孩子活泼可爱,
　　却有个坏习惯难改,
正像蓝天上一朵乌云
遮住了她的优良品性。

有时候她会掀开茶壶盖,
　　瞧里面有什么东西,
有时候你刚刚转身走开,
　　她就把水壶翻倒地;
你让她别碰东西,没效,
她可是越来越爱瞎鼓捣。

有一天她的奶奶出门去,
　　一时疏忽大意,
把她的眼镜和彩色鼻烟壶
　　忘在小姑娘那里。
孩子想:"太好了!奶奶不在家,
我正好把这些东西来耍耍。"
她立刻拿起那宽大的眼镜
　　架上自己的鼻梁;

不出所料，她四下搜寻，
　　又把鼻烟壶看上。
"啊，这小壶多么可爱！"
小妞说，"我要把它打开。"

"我知道奶奶会冲我喊，
　　'别碰它呀，小乖乖'；
可是这会儿她已经走远，
　　我身边又没旁人在；
再说，打开这么个小壶，
又算是犯了什么错误？"

于是所有的指头都使劲
　　去掀动紧紧的壶盖，
顽皮的动作，狠狠地一拧，
　　突然把盖子打开；
一下子——啊，这可惨了！
鼻烟喷得她满颊满脸了。

可怜的眼鼻嘴唇和下巴——
　　实在是可悲的景象；
鼻烟只管加紧刺激她，
　　她这才后悔懊丧；
她跑来跑去想缓解却无效；
除了打喷嚏不知道怎么好。

她把眼镜猛地扔一边,
　　去擦刺痛的眼睛,
眼镜成了几十块碎片,
　　她见到奶奶走近;
"嗨!出了什么事故?"
奶奶喊道,眉毛直竖。

玛蒂呀,脸上还是火辣辣,
　　痛得好比针儿扎,
一再答应今后要听话,
　　不要再折腾胡乱抓;
听说自从这事儿发生后,
她确实能把诺言来遵守。

(屠岸译)

导读

安·泰勒(1782—1866),英国儿童诗人。与琪恩·泰勒(1783—1824)是姊妹俩,两人合作写了许多家喻户晓的儿童诗。主要著作有《幼儿心灵诗篇》《保姆歌谣》等。

贪玩、好动、瞎鼓捣,这是孩子的天性。诗中的玛蒂就是这样一个活泼的孩子。她对奶奶平时的唠叨,一定很有意见,因为她一时还难弄明白,大人们不许她做的事,一定有大人的道理。对于像玛蒂这样爱瞎鼓捣的孩子,最重要的是要她注意安全,告诉她哪些东西不能碰,会有怎样的危险,正确的做法该怎样,而不是因为她拧开了"鼻烟壶"什么的,就剥夺她爱动脑筋爱动手的自由。诗中的玛蒂吸取了教训,从此能够"把诺言来遵守",这是一个进步。孩子成长的历程,其实也就是走过一个个错误的历程。但是,必须让孩子们明白:坏习惯一定要彻底改掉,因为它会损害你的"漂亮聪明",会遮住你的"优良品性"。

【英国】华兹华斯

我们是七个

一个单纯的孩子，
　　　呼吸得愉快安详，
感到生命充沛在四肢，
　　　怎知道什么是死亡？

我遇到一个农家小姑娘：
　　　她说，她今年八岁；
她的头发纷披在头上——
　　　一卷卷，一绺绺丝穗。

她带着乡土和林野的气味，
　　　衣服也十分土气；
她眼睛可美了，非常的美；
　　　——她的美使我欣喜。

"小姑娘，你们一共有几个——
　　　几个姊妹兄弟？"
"几个？一共七个。"她说，
　　　看着我，有点儿惊奇。

"他们在哪儿？请你告诉我。"
　　　她回答，"我们七个人；

　　当中有两个在康韦住着,
　　　　两个在海上航行。

"还有我姊姊和哥哥两个人,
　　　躺在教堂的墓地;
坟场边,小屋里,离他们挺近,
　　　我跟妈住在一起。"

"你说两个在康韦住着,
　　　两个在海上远航,
可你们总共有七个!——你说说,
　　　这怎么可能,好姑娘!"

"我们男孩儿女孩儿共七个,"
　　　小姑娘这样回答,
"有两个在教堂墓地里躺着,
　　　在墓地的树荫底下。"
"小姑娘,你会跑会蹦,
　　　你的手脚多灵活;
那两个已经躺在坟墓中,
　　　你们只剩下五个。"

"坟头草青青,一眼看得清,"
　　　小姑娘这样开言,
"离我家门前,十二步多一点,
　　　两座坟紧紧相连。

"在那儿我时常织我的长袜,
　　　　把手帕儿四边缝合;
在那儿我时常就地坐下,
　　　　为哥哥姊姊唱歌。

"先生,只等太阳落山后,
　　　　在晴朗明亮的黄昏天,
我总是拿起小粥碗往前走,
　　　　到他们身边吃晚饭。

"琪恩姊姊头一个离去;
　　　　她躺着哼叫不休;
上帝不让她再受痛苦;
　　　　她就一去不回头。

"她让人家安放在墓地;
　　　　当青草干枯的时候,
我哥哥约翰跟我游戏,
　　　　在姊姊坟墓四周。

"等到地上下满了白雪,
　　　　我可以奔跑溜滑,
约翰哥哥也只好离别,
　　　　在姊姊身旁躺下。"

"两个已经在天国,"我说,

"那你们还剩几个?"
小姑娘回答我不假思索,
"先生,我们是七个。"

"可他们死了,那两个死了!
他们的灵魂在天国!"
我的话全是白费唇舌;
小姑娘仍然坚持这样说,
"不,我们是七个!"

(屠岸译)

华兹华斯(1770—1850),英国"湖畔派"诗人中成就最高的诗人,晚年被封为"桂冠诗人"。他与诗人柯尔律治合著的诗集《抒情歌谣集》开创了英国浪漫主义诗歌的新时代。他主张诗歌要接近生活,用民间纯朴而有力的语言写诗。他认为诗的韵律、节奏必须在很大程度上与口语的音调相吻合。《致蝴蝶》《致云雀》《致杜鹃》《咏水仙》以及儿童诗《我们是七个》,都是他脍炙人口的名篇,语言清新淡雅,情感真切自然,观察细致入微,贴近生活又寓意深远。

《我们是七个》是一首哀婉动人的叙事诗,全篇由诗人与农家一个8岁小姑娘的对话构成。这位"固执"得可爱的小姑娘,把已死的姊姊和哥哥仍当作活生生的家庭成员,是她的心目中不存在生死的界限呢,还是她不忍心接受这样的事实?"我们是七个",这饱含情感的五个字,太凝重、太心酸,相信读到这首诗的人,都会被深深打动。

【美国】惠特曼

黑夜中在海滩上

黑夜中在海滩上,
一个孩子和她的父亲一起站着。
望着东方,望着秋天的长空。

从黑暗的高空中,
从东方残存的一片明亮的天空,
粗暴的云,埋葬一切的云,黑压压地散开来了,
阴沉而迅速地向下横扫过来,
这时升起了巨大的,宁静而灿烂的丘比特,①
而在他的近处,在略高一些的地方,
还闪烁着秀丽的贝丽亚德姊妹的星群。②

在海岸上,这孩子拉着父亲的手,
看着那些埋葬一切的云以胜利者的神情低压下来,立刻要吞食掉一切了。
她,默默地泣起来。
别哭,孩子,
别哭,我的宝贝,
让我来吻干你的眼泪吧,
这横暴的云不会长久胜利的,

---

① 丘比特:星名,即木星。
② 贝丽亚德:牡牛座中的一星群。

它不能长久占据天空,它们吞食星星只是一种幻想,

等待着吧,到明天夜里,丘比特会照样出来,贝丽亚德姊妹们也会照样出现,

它们是不朽的,所有这些金星星和银星星会重新放光的,

巨大的星星和微小的星星都会重新放光,它们将长久存在,

硕大的不朽的太阳将长久存在,永远在沉思中的月亮都会重新发光。

那么可爱的孩子,你只是为丘比特悲伤么?

你只是怀念着那些被埋葬了的星星么?

有些东西,

(我以我的亲吻抚慰着你,并低低地对你说,

我给你这第一的提示,让我看到这个问题,这个论点)

有些东西甚至比星星还要不朽,

(许多被埋葬了,许多已被无数的昼夜抛撒了)

有些东西甚至比辉耀的丘比特还能存在得更为长久,

比太阳或任何循环的星座,

比闪射着光芒的贝丽亚德姊妹的星群,还能存在得更为长久!

(佚名译)

惠特曼(1819—1892),19世纪美国最杰出的民主诗人。1855年《草叶集》第一版问世,所收诗作12首,以其崭新的内容和崭新的风格震动了诗坛。突破过去的格律框框,创造自由诗新风。以后每再版

一次即增加一些新作,直至逝世时,已增至372首。他以饱满的激情歌唱人民、歌唱劳动、歌唱祖国、歌唱自然,被誉为"民主之诗人"。

《黑夜中在海滩上》选自诗人的《海流集》。全诗以象征的手法,歌颂了光明及人们对光明的追求。诗中的父亲和孩子象征着两代人。孩子因为"那些埋葬一切的云"而伤心默泣,父亲对他进行了含意深远的安慰。他告诉孩子:"所有这些金星星和银星星会重新放光","太阳将长久存在";同时又说还有一种比太阳、月亮、丘比特和贝丽亚德更为长久的东西。这东西是什么呢?诗人没有明说,它深埋在诗后,相信读者能够意会。全诗粗犷悲壮,包含着深刻的哲理。

【加拿大】丹尼斯·李

我将做一个什么？

"你将做一个什么？"
大人问个没完。
"做舞蹈家？做医生？
还是做个潜水员？"

"你将做一个什么？"
大人老是缠着问，
好像要我不做我，
改做一个什么人。

我大起来做喷嚏大王，
把细菌打到敌人身上！

我大起来做只癞蛤蟆，
呱呱呱呱专门问傻话！

我大起来做个小小孩，
整天淘气，把他们气坏！

（任溶溶译）

丹尼斯·李(1939—?),加拿大诗人,儿童文学作家。主要儿童诗集有《快去洗衣店》《垃圾的喜悦》《透明的帆》《利兹的雄狮》等。1973年因诗歌创作获总督奖。

《我将做一个什么?》是一首童趣盎然的诗作。大人们对孩子的殷切期望表现在一再问孩子将来"做一个什么",这是家长对孩子的关心。哪一个家长不想让自己的孩子成龙成凤?但孩子就是孩子,他才不管什么将来不将来,听听孩子的回答吧,大概会令所有的家长大失所望,或许会目瞪口呆——"我大起来做喷嚏大王";"我大起来做只癞蛤蟆";"我大起来做个小小孩"。不要以为这些就是孩子们心里的理想,其实这是他们对"大人问个没完"的反叛,他们的意思很明白:我就是我,谁要把我"改做一个什么人"都不成!我就要做我自己!孩子的回答值得每一个做家长的深思:我们应该怎样教育孩子?

〔尼加拉瓜〕达里奥

诽　　谤

一滴泥
落在钻石上面，
也可以
将它的光芒遮暗，
但是，即使整块钻石
被污泥沾满，
它那高贵的身价
也丝毫不减，
它永远是块钻石，
即便是将它
浸入泥潭。

（陈光孚　孙家孟译）

导读

达里奥(1867—1916)，尼加拉瓜诗人，拉美现代主义诗歌运动奠基人。11岁即开始作诗，有"神童"之称。主要作品有诗集《诗韵》《蓝》等。他的诗打破了传统诗歌的束缚，大胆地吸收民间创作特点，颇有音乐美。

《诽谤》是一首哲理诗。乌云永远遮不住太阳的光辉，就像诗中所写的，钻石永远是钻石，"即便是将它/浸入泥潭"，它仍然是钻石。诗人要告诉读者的是"蔑视诽谤者，走你自己的路"。显示了诗人坚毅自信的人格力量。

【阿根廷】荣凯

我长大以后……

妈妈，
当我长大了，
我要搭一个长长的梯子，
一直通到云端，
我要爬到天上去摘星星。

我要把所有的口袋
都装满闪闪发光的星星，
然后带回来，
分给学校里的小朋友们。

对于您，我的好妈妈，
我要给您带回那轮明月，
让它照亮咱们家，
不再费一点儿电。

（杨明江译）

  荣凯，阿根廷作家，拉丁美洲著名儿童文学家。主要作品有小说《"南方的孩子"足球队》和著名诗集《街头诗集》。
  《我长大以后……》塑造了一个富有爱心的孩子形象。孩子的愿望是，长大以后，他要搭一个长长的梯子到云端，将星星摘给同学，将

明月摘给妈妈。这完全是童稚的幻想,而这种幻想完全是用孩子的语言来表达的,因此令读者感到真实、亲切。诗中主人公那充满爱心的幻想,饱含着一种纯真情感,让人感动。

【智利】米斯特拉尔

忧　　虑

我可不希望

我的女儿变成飞燕,

她会在天空翩跹,

不再回到我身边;

她在屋檐下筑巢,

我不能替她梳小辫。

我可不希望

我的女儿变成飞燕。

我可不希望

我的女儿成为公主。

她穿上金子做的小鞋子,

怎么能在草地上玩耍追逐?

到了晚上,

她不能睡在我身旁……

我可不希望

我的女儿成为公主。

我更不希望

有朝一日她成为女王,

人们把她拥上宝座,

那是我不能去的地方。

到了夜晚，

我不能把她摇晃……

我可不希望

我的女儿成为女王。

（佚名译）

　　米斯特拉尔（1889—1957），智利著名女诗人，社会活动家。1945年，她成为拉丁美洲历史上第一位获得诺贝尔文学奖的作家。主要诗集有《绝望》《母亲的诗》《有刺的树》等。她的诗感情真挚、语言质朴，多表达对爱和幸福的追求和憧憬。

　　《忧虑》所抒写的是一位母亲对于女儿的近乎自私的忧虑。她不希望自己的女儿变成飞燕、公主，甚至女王，只希望女儿不要离开她，最好是不要长大。这种特殊的情感，也许是每位母亲都有过的，但经诗人坦率而温柔地抒写出来，特别真实动人。诗的音节舒展委婉，每节的最后两句重复该节的第一、二句，造成回环反复，更加增添了全诗缠绵难舍的气氛。